校边的

贺小晴 著

四川人民出版社

图书在版编目（CIP）数据

天边的学校 / 贺小晴著. —— 成都：四川人民出版
社, 2025. 1. —— ISBN 978-7-220-13955-0

Ⅰ. I25

中国国家版本馆CIP数据核字第202460L0C2号

TIANBIAN DE XUEXIAO

天边的学校

贺小晴　著

责任编辑	王其进
封面设计	张　科
版式设计	最近文化
插　图	白云峰
责任印制	祝　健
出版发行	四川人民出版社（成都市三色路238号）
网　址	http://www.scpph.com
E-mail	scrmcbs@sina.com
新浪微博	@四川人民出版社
微信公众号	四川人民出版社
发行部业务电话	（028）86361653　86361656
防盗版举报电话	（028）86361653
照　排	四川最近文化传播有限公司
印　刷	四川机投印务有限公司
成品尺寸	145mm×210mm　1/32
印　张	8.25
字　数	160千
版　次	2025年1月第1版
印　次	2025年1月第1次印刷
书　号	ISBN 978-7-220-13955-0
定　价	68.00元

我愿意以诗意的名字，写一个激越而悲壮的改革求索故事。

——作者题记

序：县中崛起的"木里样板"

　　最近几年，新闻媒体上关于县中的报道，总是透着一股子沉重和压抑。一个个"县中衰落"的故事令人嘘唏不已、感慨万千，"被扫荡的县中"让人气愤又使人无奈，似乎无路可走的"县中的孩子"更是让人心疼却又无法施以援手。而这些现实之所以让读者深陷悲伤而不能振臂，根源在于那些学校、那些学校里的人、那些学校外的人，已经失去了血气方刚，不是千方百计逃离，就是继续一同沉沦，坐看一日坏过一日的学校，抱怨一代不如一代的学生。

　　连带着，对县中所在的县也怒其不争、哀其不幸起来。要知道，县对于中国是何等的重要。自古以来，县就是我国最基本的行政单元。县域内，政治经济、文化教育、风土人情、自然风物已自成一体，形成了一个完整的行政区划。对乡村而言，县便是它们的最高政治、经济和文化中心，县的发展质量影响并引领着一个个乡村，夯定中国社会整体发展的底部和基础。

今天县中的衰落，是过去和现在县城衰落的余音，有可能成为未来县城衰落的前奏。一些现实证明，县中衰落所带来的县城衰落，几乎没有再度复兴的可能，因为县中所凝聚和累积的人气和文气没有了，复兴的根本和依托也可能没有了。再往下想，县城衰落了，广袤的乡村还能兴盛吗？若无法想象作为大国之基的农村实现"产业兴旺、生态宜居、乡风文明、治理有效、生活富裕"的理想目标，我们又怎敢期待美丽的中国梦呢？

这些，我想到了。木里人也想到了。而且，他们也行动了！

于是就有了七年改天换地，被业内人称为"伟大的改变"的"木里奇迹"！

一群可歌可敬可泣、流血流汗流泪的木里教育人！

其实，他们不完全是木里人，他们是关心、建设木里的冕宁人、宜宾人、成都人、攀枝花人等等四川各地的人。其实，他们也不完全是木里教育人，他们是鼎力支持甚至直接上阵"扎起"的县委书记、县长、教育局长、成都教育人、棠湖教育人。一群有故事的人，在情结和愿望的牵手中，在木里书写了壮丽、骄傲、沉醉的教育史诗。

在此，我无法抑制自己的激动之情，但也深知自己这支秃笔远远写不出贺小晴女士的文采斐然。木里人的故事，木里中学的崛起，贺女士在《天边的学校》已有描述，我就不再班门弄斧。还是从县域治理、教育发展的角度谈一谈木里教育的崛起之路，为已经衰落、正在衰落、抵抗衰落的县中们提供一些思路参考。

第一，统筹规划，重点突破。木里中学崛起并非学校一己之力，从教育局长人选的确定，到木里校长人选的筛选、锻炼和起用，我们能够看到木里县委县政府在通盘考虑和长期观察之后果断出手。之所以选择木里中学为突破口，一方面是木里中学曾经辉煌而今衰败让木里人情感很受伤，更直接导致木里的优秀学子即使踏上那条最难走的路也要到外地读高中，另一方面也是因为木里中学是县里的最高学府，它的质量将会影响到县域内义务教育的质量，它的质量也是衡量一个县教育水平的重要指标。其作用之大，更突显出当下之穷弱。又因其穷弱，才可能生发改变的内生动力。

第二，敢于用人，精于育人。人永远是改革创新的第一要素。但人，并不是都如诸葛亮一样才学加身只等刘备三顾茅庐。现代社会，改革者往往是被逼出来的、培养出来的、历练出来的。胡启华、黄河便是如此。胡启华是木里县教育局长，黄河是木里中学校长，二人是木里中学改革的掌舵者、执行者，但在他们的成长，得益于县委书记张振国、县长伍松、棠湖中学校长刘凯智慧而又坚定的支持。县委书记和县长让二人放手干，要人给人、要钱给钱、要政策给政策，刘凯校长不仅把二人接到自己学校亲手带，还送各路专家及时雨。要知道，胡启华在教育局长之前从未从事过教育工作，黄河更是一个没有任何管理经验的、只有短暂教书经历的外乡人。木里县任用他们担当木里教育改革的先锋，这是需要勇气，更需要智慧的。勇气缘于对局势的判断和对人的长期观察，智慧来自对"改革者必须接受教育和培训"的信念与行动。

第三，始于外依，终于内生。读这本报告时，虽然理智告诉我结局一定是好的，但情感依然让我不禁担忧胡局长和黄校长，毕竟他们都算不得行家里手，更何况木里中学曾经有过那样一番师生互相仇恨、老师互相拆台、家长冷嘲热讽的境遇。好在，他们有吸纳外部资源，并将其消化吸收，转化为内生智慧的机缘和勇气。说机缘，并非夸大其词。一般县中很难像木里中学那样遇到刘凯校长这样的"木里人"。他从木里走出，功成名就，但依然挂念木里，渴望回报木里。若没有刘凯校长以棠湖中学为示范，建立起胡启华和黄河对好的学校及其管理的认知，没有他一次次邀请专家走进木里，没有一通通的刘凯—黄河热线电话，很难说木里中学是否能尽快崛起。但是胡启华、刘凯和黄河都明白也在践行一个道理，即外部支援始终是外部的，必须要转化成木里自己的内生力量，虽然这意味创生的痛苦和试错的风险。

第四，综合改革，全域推进。木里人都知道，木里中学再衰败下去，将会是木里整个教育系统的衰败，不仅危害下一代，更严重影响整个地区的经济社会发展，更没办法向木里的14万人民交代。这种境界，使得木里县委县政府自觉担当木里教育改革总设计师的角色，调动全县各种资源、各个领域、各种主体，共同改革教育领域。与此同时，教育领域也在进行着综合改革。木里中学改革，校领导换人、管理制度构建、教师教学能力优化、学生学风学貌提升、课堂教学改革几乎同时进行。木里教育人深知，木里中学一花独放不是木里教育的春天，木里教育满园花开才是春色。鲁绒在城关小学的课堂改革、王建华与民族中学的蜕变、木里二中变身"红火""科学"、家长从放任不管到开始"租房陪读"，这一切，都能看到木里县是在全域内进行教育改革布局，期望构建一个良好的教育生态。目前，这已初见成效、未来可期。"综合改革教育领域"和"教育领域综合改革"，这两者，看起来只是词序颠倒，但内涵却完全不同。前者意味着政府、社会对教育领域的重视和支持，举全县之力改革教育；后者意味着教育领域自觉而科学地内部筹划与改革，内外支撑、守望相助。这恰恰印证了那句老理儿：教育绝不仅仅只是学校、教育部门的事，而是各部门、各乡镇、各职能单位，以及每一个老百姓的事。

第五，改革创新，破茧而出。2005年南京高考失利后，凸显"县中现象"，即一些县中在升学率上远高于城市里的一些高中，甚至有部分城市老百姓忍痛送子女就读县中。当时还有另一个密切相关的概念，"县中模式"，讲的是县中大多实行封闭式管理、以高考为中心进行师资培训、依据考试成绩进行师生激励、学生每天学习16个小时，一个月回家一次，双休日节假日也被充分地用来上课或补课。但是，这种模式的效果如何，近些年县中衰落或可作为一种回答。因为这种模式是功利化的、反教育的、非科学的，必将随着高考高招制度改革的推进而被历史的车轮碾压。如何迎接新一轮的高中课程改革、适应普通高中育人方式改革、面对以"强基计划"为代表的招生制度改革、如何进行综合素质评价迎接"两依据一参考"等政策变化，木里中学已经在探索，但空间还很大、路途还很远。

最后，我想以贺女士书中的一段话，来结束我的絮叨。

"2016年进入大学的木里本地大学生就要出来了。每年七八十人，他们都是从木里中学考出去的，他们也知道木里缺教师，好多学生填自愿时，都填的是师范专业。他们毕业出来，就意味着木里自己的师资生产机能构建成了。这些是木里中学自己培养的教师，是永久牌人才。今年就回来了十七个。挺过这几年，相信以后会越来越好，越来越值得期待。"

我相信这是木里人的心声，也能表达我对木里教育的诚挚期待。

教育部教育发展研究中心副主任

2020年9月15日，于北京大木仓胡同37号

目　录

引　子

第一章　缘起

第二章　校长人选

第三章　无从下手

尾声：伟大的转变

引　子

　　有人说，木里很远，远在天边。

　　远在天边有两层意思：一是地理环境。这个鲜为人知的县地处青藏高原与云贵高原结合部，平均海拔3100米，最高海拔5989米。境内群山连绵，雪峰耸立，构成了一派神奇而壮美的高原景象，同时也形成屏障，与世隔绝。全县1.3万平方公里土地上，有13.9万人，平均每平方公里仅10余人居住，有藏、彝、汉、回、蒙、布依等22个民族，且以藏族人口居多，是全国仅有的两个藏族自治县之一。二是历史沿革。木里自古盛行藏传佛教，"政教合一"的世袭土司制度统治了木里三百余年，直到1950年解放。土司制度苛刻残酷，等级森严，却也封闭有序，自成一体，形成一道人为的屏障，与世隔绝。千百年来，木里在世界之外神秘地存在着，有限的文字记载中，却是一致的惊艳而浓烈：世外桃源、人间仙境、木里王国……20世纪20年代，美国探险家、植物学家约瑟夫·洛克曾三次探访木里，用充满惊诧的文字，称她为"群山中不可思议的仙境""上帝的花园""黄教喇嘛王国"，称自己所到之处为"人类无法观看的景象"。

特殊的地理环境和历史文化，造就了木里人憨实厚道、随遇而安的性格。时至今日，木里的民风之淳朴，有口皆碑。然而，同样的原因也导致木里人视野狭窄，观念滞后，难思改变。尤其是在教育上，木里的教育水平长期居于所属四川省凉山彝族自治州末位，整个县域，每年高中毕业五百余人，仅考取几个本科生，甚至上线率为零。可人们对此不仅习以为常，而且还有一套心安理得的说法：木里地方偏远，条件很差，"学生在娘胎里就定了形"，谁也没办法……

于是木里人便沉溺于这种自我宽慰中，日复一日，难以自拔。

然而，有办法的木里人都把孩子送了出去，送去成都、绵阳、西昌、攀枝花，甚至附近的盐源县——只要能出去，哪里都比木里好。没办法的，干脆不让孩子上学。

木里的教育渐渐成为木里人内心的痛。

2013年，一场命中注定且意义重大的相遇悄然而至。

这就是，木里中学遇上了棠湖中学，一跃而成为教育扶贫的典范。

而今，七年过去了，木里创造了教育奇迹，被业界称为"伟大的改变"，为改变边远地区教育落后面貌提供了一个鲜活的例证。

这一切是怎么发生的呢？

第一章　缘起

1. 那条山路

2011年5月，木里县委进行着一项看似寻常的工作：调时任县委组织部副部长胡启华到县教育局任局长。按照程序，初步人选物色后，须先由县委组织部部务会议讨论通过，再经县委常委会讨论通过。整个过程历时不短，参与人众，很难不走漏风声。可就在组织部工作的胡启华，部务会就在身边召开，竟然一无所知。直到任命通知下达的当天下午，时任县委书记熊正林找他谈话。

时隔八年，谈话的内容已经模糊，胡启华只记得大致意思：木里的教育事关重大，他有乡镇和机关工作的经历，又正是干事业的年龄，应该放开手脚，大胆干。可是怎么个干法，具体干到一个怎样的目标，并无明确要求。胡启华当时就感到纳闷。在组织部工作的他心里十分清楚，像教育局这种专业性极强的行业管理部门，主要领导的专业工作经验十分重要。而他于1996年从西昌农业专科学校毕业后，分别在乡镇、县检察院、县委组织部等单位工作过——没有任何一项经历与教育有关。让一个不懂教育的人去干教育，事情又来得如此突然，这让他一时有点摸不着头脑。

但任命通知已下，事情已成定局，唯一的选择，便是接受安排，走马上任。

最初的那段时光，胡启华是在冥思苦想中度过的。

确实没有任何经验可循。无论他如何绞尽脑汁，搜寻有限的经历，也找不到切入口。私下里，他感叹自己确实不懂教育。可不懂教育，怎能成为干不好工作的理由？

苦闷茫然中，他仿佛看到了一条路，路上有一个细长瘦弱的身影，缓缓移动在那条山路上。山路时高时低，起起伏伏，宛若飘浮在半山腰间的一条云带。那是他上学时的山路。整个中学时代，从初中到高中，再到后来高考落第，补习一年，整整七年，他都在那条山路上走。时至今日，那条山路依然刀刻一般，镶嵌在他的记忆里。

胡启华出生在木里县三桷垭乡里普村一个汉族农户家庭。在木里，汉族人分为世居汉族和新中国成立后由外地进入木里的新汉族。总人口25450人，在全县13.9万人口中居第三位，占比18%。早在18世纪初，就有汉族人来到木里，耕种土地，繁衍生息，并带来了较为先进的耕作技术和农作物新品种。民国期间，又有汉族人因民族械斗或因躲避战乱而进入木里，定居下来，组成木里的世居汉族。胡启华的父辈就是在民国时期，由毗邻的盐源县逃难而来。

相比别的民族，木里的汉族家庭似乎更重视教育一些。胡启华家有兄弟姊妹五人，都进过学校。他最小，刚满七岁就被父亲送去上学。村小，就在离家不远的地方。二年级到乡中心小学就读，也不远，步行一个多小时。可初中只有县城才有。

13岁起，胡启华就踏上了那条通往县城的路。

那是一条怎样的路啊？

写作中，我找到了一个最好的例证——那条路最著名的形象代言人：2005年，被评为"感动中国"十大人物的高原信使王顺友，持续20年所走的送邮路线，正是胡启华当年从

家里到学校的这条山路。

有报道这样描述王顺友所走的路线：王顺友负责的邮路从木里县城经白碉乡、三桷垭乡和倮波乡，往返360公里，每月两个邮班，一个邮班来回14天，他每月有28天要徒步跋涉在这苍茫大山中的邮路上。马班邮路从海拔近5000米到1000米，气温从零下十几摄氏度到四十摄氏度，依次经过察尔瓦山、雅砻江河谷、座窝山、矮子沟、鸡毛店山、山王庙峰、刀子山等大大小小的山峰沟谷，穿过四片野兽出没的原始森林。必经之地察尔瓦山，气候异常恶劣，一年中有6个月被冰雪覆盖，气温达到零下十几摄氏度。而一旦走到海拔1000多米的雅砻江河谷时，气温又高达40℃，酷热难耐。这里拐连拐，弯连弯，山狭路窄，抬头是悬崖峭壁，低头是波涛汹涌的雅砻江，稍有不慎，就会连人带马摔下悬崖掉进滔滔江水中……

2002年12月，日本NHK电视台专程来到木里，对王顺友负责的邮路进行跟踪拍摄。摄制组用4天的时间只走了80多公里，最后实在走不动了，只好坐车返回木里，然后转西昌、过冕宁，再经甘孜州九龙县到达倮波乡。这一圈，他们绕了六七百公里才进行完邮路终点的拍摄工作。出发前，他们和王顺友打赌说：看谁先到达倮波乡。然而，令日本摄制组万万没想到的是，当他们坐车到达倮波乡时，王顺友已牵着那头白骡子等他们半天了。日本记者被王顺友征服了，他们伸出大拇指说：王顺友，好样的，你是真正的男子汉。

胡启华所走的路与王顺友略有不同，他家所在的三桷垭乡里普村，距离县城约80公里，只是王顺友邮路的一半。然而路况相同，艰难的程度相同。用海拔数据示意胡启华当年所走路线，则是一条剧烈起伏的曲线：2200米——4000米——1600米——2800米。

没有车辆，只有马帮。木里人称马帮为"马脚子"，意为跟着马走，成天都在路上。每天要走18个小时。饿了就啃干粮，渴了就喝山泉水或者啃冰碴。夜晚就睡在马脚子旁边。但就是跟着"马脚子"走，也算是一种"待遇"。据胡启华回忆，只有从家里回学校时，才可能有"马脚子"同路，由大人跟"马脚子"联系好，让他们帮忙照顾。而从学校往家走，不可能联系到马帮，只有家在同一个方向的几个同学约好了相伴。

而那个时候，还没有实行大长假小长假，上学期间，最长的假期只有三天。长时间不能回去的孩子特别想家。三天假期时，胡启华提前与同学约好，下午放学就走。

下午五点多钟，下课铃一响就走。一路都放着小跑。包里顶多有几块饼干。昼夜不分，风雨无阻。实在困了，在路边躺一会儿。赶得快时，可以第二天中午到家。路上稍有耽搁，到家时，已是第二天傍晚。在家里住两个晚上，第三天凌晨四五点，星星还挂在头顶，爬起来，又开始赶路。到校已是深夜。

最怕的是夏天的蚂蟥和冬天的积雪。

有一次，胡启华和几个同学一起回家，走累了，躺下去就睡。没想到睡在了蚂蟥最多的一块地上。醒来后，头上臂上脚上，到处都是蚂蟥。

蚂蟥叮进去有个特点，不能扯，硬扯的话，扯断身体也扯不出来，半截蚂蟥会留在体内。有经验的人就知道，出门要带上点盐，蚂蟥叮咬时，将盐撒到上面，蚂蟥自己就会掉下来。

那天幸好有同学带了盐。带盐的同学说，他也是被蚂蟥叮咬过，才有了这个经验。那之后，胡启华赶路回家时，也会带上些盐。

而冬天，齐腰深的积雪，人根本不敢走，找不到路。只能跟着"马脚子"走，老马识途，马有能力找到路。马走前面，人走后面……

这就是胡启华的求学之路，也是木里大多数孩子的求学之路。

在木里采访期间，我见过的所有人，几乎都给我讲到路——每一个木里人，都有一个关于路的故事。

俄亚纳西乡位于木里西南部，紧邻云南丽江和稻城亚丁，距离木里县城280公里。三年前，这里仍不通公路，交通往来主要靠骑马或者步行。俄亚乡中心小学校长王偏初告诉我，当年，他去县城读初中，是父亲用马驮着吃的用的，送他前往。从俄亚乡到木里县城，整整走了十天时间。后来他考上中师，毕业后主动要求回俄亚任教，从县城出发，先坐车到瓦厂镇，再步行，从瓦厂镇到俄亚，整整走了七天时间。

而从俄亚乡回他的老家，尽管同在一个乡上，也需步行两天。1998年以前，乡内仅有部分道路通车，如果要坐车回家，则须先到云南的永宁或香格里拉，再转车，同样需要两天时间。

而从木里县城去往所属乡镇，许多地方都需要跨州或者跨省。

胡启华曾向我详细讲述了2010年以前，从木里县城到木里所属东朗乡的过程，全程换乘车，需时一周：

木里——盐源（邻县）——宁蒗（云南省）——香格里拉（云南省）——德荣（甘孜州）——乡城（甘孜州）——稻城（甘孜州）——东朗

一次下乡，省也出了，州也出了，最终还要回到县里。

因此，木里人就有了说法：出省容易进城难，出县容易下乡难。

这就是木里境内的路，也是木里大多数孩子的求学之路。尽管近几年精准扶贫，木里境内的道路状况有所改善，基本实现了"乡乡通油路，村村通硬化路"，但距离没变，海拔没变，高山深谷也没变。

求学之路如此艰难，那么木里境内唯一的完全中学——

木里中学，又是怎样的一种状况呢？

2. 个位数

"个位数"概指木里中学的高考上线人数。

照理，对一所学校的评价不应该以升学人数作为唯一的评价标准。但迄今为止，就整个教育界而言，科学而成熟的评价机制尚未健全，着眼于学生全面发展的环境、学科教学和评价体系尚未形成，人们在对一所学校进行评价时，依然只能以朴素而直观的"升学人数"作为基本的评价标准。

若干年来，木里中学的应届高中毕业生时多时少，但高考上线人数始终没变，突破不了两位数，有时候甚至为零。它就像一个咒语，悬在木里的上空，让木里中学始终难以摆脱。

木里中学创办于1959年，是木里历史上第一所中学。

木里自古盛行藏传佛教。自明朝万历年间，"政教合一"的大喇嘛土司制度统治了木里三百余年，直到1950年解放。土司制度苛刻残酷，等级森严，却也封闭有序，自成一体。加之山高路远、道路阻隔，有效地实现了木里在文化意义及地理位置上的与世隔绝。千百年来，木里始终在人们的视线之外存在着。漫长的历史长河中，木里境内无学校，仅在寺庙里设有为入寺喇嘛学藏语、念诵经典、讲解佛理的场所。而汉语作为与外界沟通的工具，仅有统治机构中的翻译官"把总"和负责文书信函往来的"师爷"懂汉语。民国时期，外界的影响渗透到木里，一些"把总"和汉区毗邻的村寨开始设办私塾。民国三十五年（1946年），木里有了第一所学校：国立西康木里小学。有学生80人，分两个班上课。因时局变化，1949年停办。

1950年，木里解放。1953年，木里藏族自治县设立。同年，木里县藏族自治区民族完全小学创立，招收各民族学生110人，有教师3人。1957年，木里民族小学设初中班，24名小学毕业生升入初中。1959年，在原小学初中班的基础上，正式成立木里藏族自治县初级中学，有3个班3个年级，学生95人。1972年，县初级中学（即木里中学）首次开办高中班，有高中一年级1个班，学生50人。至此，木里中学成为全县唯一的完全中学。

木里中学开设高中正值"文革"期间。加之规模小，仅有一个班级。入学孩子多为县城汉族干部及知识分子家庭子女，即便是一些本地少数民族干部，也少有送子女入学意识。

"文化大革命"结束，高考制度恢复，木里中学迎来了短暂的"黄金时期"。

所谓"黄金时期"，即高考制度恢复后，全社会对教育的重视程度有所提高，一些新中国成立初期响应号召主动到木里支边援藏的汉族知识分子及一部分下放到木里劳动改造的"右派分子"，被集中到木里中学，成为木里中学主要的师资力量。但师资虽好，理念和管理却不配套，教师们多是凭着良知和责任教学。即便如此，木里中学也曾出现过短暂的"辉煌"。自高考制度恢复到二十世纪九十年代，木里中学培养出了以著名科学家薛泉和教育管理专家刘凯为代表的杰出人才，一大批至今在岗的木里干部也多为那个时期的学生。二十世纪九十年代之后，随着知识分子政策的落实，一些重要的师资力量返回内地，另一些早年支边援藏的知识分子年老退休，而木里本地的师资尚未培养出来，导致木里的教育出现"断层"。

副县长阿央青是木里著名的贵族家庭"八尔世家"的后裔，她在木里中学读初中高中时正是二十世纪八十年代。她当时所在的年级，仅有几名少数民族同学，百分之九十以上是汉族同学。

1989年，木里中学考取了最后一个"重本生"后，教学质量一路下滑，到2000年前后到达冰点，高中入学人数仅有20余人，生源难以为继，凉山州委州政府甚至打算将木里中学与毗邻的盐源中学合并。

胡启华正是木里中学高92级毕业生。

胡启华就读的木里中学高92级，有毕业生110人，当年高考，无一人上线。第二年，通过补习，有七人上线，其中本科一人专科六人。而七人之中，除胡启华外，其余六人都是去外地补习才考上大学。

回顾起那段经历，胡启华归结为是自己"傻"，不懂事，一门心思想读书，想考大学，全然没顾及家人的感受和承受能力。初中毕业，他原本已考上了中专，跳出了"农门"，可他轻易就放弃了读中专的机会，一门心思要读高中，考大学。

高考落第，他补习了一年，再考。压根没想过他的父母已经年老，已无法胜任供养他读书的重任。他也压根儿没想过再补习一年，就真的能考上大学？如果考不上，又该怎么办？

幸运的是，他最终考上了当时收分最低的西昌农业专科学校。

是大哥接过了父母肩头的担子，继续供养他，直到他大学毕业。

也就是说，胡启华的求学之路，是用两辈人的付出才得以完成的，既艰难，又曲折！

艰难是因为路途和家庭境况，曲折则是因为木里中学始终不尽如人意的教育质量和水平。

木里中学副校长刘宗林是2002年调入木里中学的。说到当时的境况，他记忆犹新：理科没有人读，只有四个学生，理科老师可以把学生喊到家里上课。文科也只有十几人，整个年级共二十来人。当时的情况，没办法，几乎办不下去了，州里和县上都在考虑是否与盐源中学合并。

而说到木里中学自2000年起十余年来的高考人数和上线率，刘宗林就像背口诀表一样顺溜：

2000年，毕业人数：20人，本科上线人数：0；

2001年，毕业人数：30人，本科上线人数：0；

2002年，毕业人数：50人，本科上线人数：0；

2003年，毕业人数：65人，本科上线人数：4人；

2004年，毕业人数：80人，本科上线人数：2人；

2005年，毕业人数：100人，本科上线人数：4人；

2006年，毕业人数：110人，本科上线人数：4人；

2007年，毕业人数：110人，本科上线人数：6人；

2008年，毕业人数：120人，本科上线人数：7人；

2009年，毕业人数：130人，本科上线人数：7人；

2010年，毕业人数：130人，本科上线人数：4人；

2011年，毕业人数：140人，本科上线人数：7人；

2012年，毕业人数：150人，本科上线人数：6人；

……

一连串的个位数，甚至上线人数为零。触目惊心的数字背后，是观念的落后、管理的混乱和制度的缺失，表现在学校风貌上，则是乱象丛生。

在木里中学，有一句尽人皆知的话：校长不敢管老师，老师不敢管学生。而没有管束的世界，好比没有疆域的战场，所有人都可能是受害者，也可能是加害者。

而且，现状还在一步步恶化。

各少数民族有带刀生活的习俗。少数民族的学生也把各种刀具带至学校。2007年，两名学生在教室里玩耍，发生摩擦，刀从腰间抽出，造成一人死亡。

2011年元旦放假前夕，两名初中生发生口角，引起争斗，并在校外进行群殴。元旦放假回校，处于劣势的一方叫来帮手，课间操时找到对方，连捅数刀，一人当场死亡。

缺乏管束的世界也缺乏自省和修正能力，让积怨加深，让憎恶和愤恨大行其道。在木里中学，有两个尽人皆知的事例：

　　一件是在一次小范围的木里中学教师聚会上，一位即将退休的老教师受到一致羡慕。敬酒的过程中，有老师举杯表示祝贺：苦海无边，你终于要靠岸了。

　　即将退休的老师一半欣慰，一半沮丧，用满是遗憾的口气道：还有一个学期，才能离开这帮小浑蛋。

　　在这里，教书生涯被视为"苦海"，学生则被称为"小浑蛋"。

　　另一件是一位木里中学的学生，在谈到自己未来的梦想时说：我最大的梦想，是20年后，带着我的妻子，开着奔驰从街上过的时候，看见前面垃圾堆里有一个老太太在翻垃圾，走近一看，是我的高中班主任。

这就是木里中学的师生关系。

原本是园丁与树苗，原本是"蜡烛成灰泪始干"，现在为何会变成水火不容？

3. 县长伍松

伍松到木里任代理县长很有些蹊跷，正是高考成绩正式公布的当天：2011年6月23日。

多年之后，他还清楚地记得，当年木里中学参加高考人数是140人，而高考上线人数仅7人。

伍松是藏族，凉山彝族自治州冕宁县人。来木里之前，曾先后在冕宁、德昌、喜德、会东等地任职。这几个地方位于凉山州经济长廊安宁河谷流域，又称"藏彝走廊的精华地段"，教育和经济发展水平居全州前列。他由会东县常务副县长任上调来木里。而会东的教育，长期以稳健和有序著称。以会东县的"龙头学校"会东中学为例，高考成绩连续多年大幅度超额完成州、县下达的任务指标，荣获凉山州普通高考综合考核一等奖、教育科研一等奖等各类奖项，学校多次夺得州文理科状元桂冠，有一大批会东学子考入清华、北大、北师大、复旦、同济、浙大等名牌大学。

这样的参照之下，木里中学的高考成绩在伍松看来是难以接受的。

2011年12月，伍松正式当选为木里县人民政府县长。

作为县长的伍松爽直果敢，见解独到。他从两个方面表达了自己对边远贫困地区教育落后原因的看法：

第一，整个社会对办好教育的期望值都很高，党委政府也有办好教育这个愿望，但是缺乏一种系统治理、系统提升的手段。

教育这个事业，需要久久为功。每个地方的党委政府都是重视教育发展的，木里也是一样。教育是最大的民生工程，没有哪个县长敢说，我不重视教育。但许多的地方，党委和政府抓教育，往往容易停留在"头痛医头，脚痛医脚"的层面上。每年都要召开教育大会，也采取了一些具体的措施。但重视了，也办不好，因为没有系统治理思维，没有用解剖麻雀的精神，把教育存在的一些深层次的问题挖出来，加以解决，而往往以为政府对教育的支持就是表现在给钱上。

第二，整个社会，包括党委政府，对办好民族地区的教育，其实心里是没把握的，甚至私下里认为是办不好的。因为大家都知道，在现在这种资讯和交通条件下，只要有条件的，都把娃儿送去外地读书了。有的地方还干脆把县中学拆了，与别的学校合并，甚至办到西昌去。

木里中学就曾经差点跟别的学校合并。所以说，木里的教育状况是少数民族地区、边远贫困地区基础教育的一个缩影。

落后是事实。落后的根本原因是什么，则需要用新思维、新观念，跳出固有的认知习惯去看待这个问题，才能找到真正的症结所在。

比如木里的教育，真正落后的原因是什么？是观念和方法的问题，还是木里的娃儿天生比外面的娃儿笨？当然不能怪娃儿。相反，伍松认为，木里的娃儿，正是木里办好教育的优势所在。

伍松调来木里县任职之际，正是胡启华担任教育局长一个多月之后。作为教育主管部门领导，胡启华与木里新一届领导班子对待木里教育的态度高度吻合。

然而，积重难返，出路在哪儿？一大摊子事情，从何下手？好长一段时间，胡启华有心无力，仍处于彷徨和迷茫之中。

2012年，一次偶然的机会，伍松在成都遇见了一位特别的人物，成都双流棠湖中学校长刘凯。那之前，伍松早就知道棠湖中学的大名，也对校长刘凯早有所闻，知道他是木里人，也是木里在外面发展卓有成就的代表人物之一。那天两人见面，难免聊起来。聊木里，聊教育。话头扯开，两人都暗自感到惊讶。

原来刘凯对木里中学的现状，木里教育的诟病，从领导，到教师、学生、家长，从教风到学风，从教学质量到高考成绩……了如指掌。

原来刘凯一直都在关心着木里，想为木里的教育助一臂之力，只是苦于路径不畅，使不上力。

而伍松呢，他不也正在找出路，寻找一种可能性？一番交流下来，相见恨晚。从刘凯身上，伍松看到了木里教育的榜样和依靠；而从伍松身上，刘凯也看到了新一届木里党委政府，对改变木里教育落后面貌的坚定态度。

一种关系着木里教育未来的善缘就此结下。

伍松、刘凯蓉城相聚后的2013年，木里中学开启了教学改革新阶段。

4. 木里情结

熟悉刘凯的人都知道，刘凯有两个角色：一是成都双流棠湖中学校长，二是木里人。他在两个角色之间切换自如，把两个角色都做得尽职尽责，近于完美。

成都双流棠湖中学的名声在四川乃至全国教育界无人不知。这所年轻的名校自1991年创办以来，创造了五年创"省重"、十年创"国重"的"中国教育奇迹"，形成了蜚声全国的"棠中效应"。刘凯自2012年担任校长以来，以新锐和个性化为特点，进行了一系列的改革和创新，带领棠湖中学首开四川省公立学校全面"选课走班"先河，实现了"尊重差异、因材施教、张扬个性、特长发展"的又一次腾飞，被四川省教育厅和国家教育部誉为"基础教育超常规、跨越式发展的典范"。刘凯则被业界誉为卓有成效的教育专家，敢于创新的"改革家"。

作为木里人，刘凯的木里情结之深，让每一个熟悉他的人都深受感染。他自称是"援二代""边二代"，意为支边援藏者的后代。他的木里情结既源自他的童年记忆，也源自父母的传承——源自他对父母深深的爱和敬重。

二十世纪五十年代末，刘凯的父亲响应党的号召，从重庆药剂校毕业后，原本分配到重庆市人民医院，却主动要求到最艰苦的地方去，踏上了前往大凉山的行程。到达第一站西昌后，父亲原本可以留下来，可他四下看看，这里街道宽阔，店铺林立，有楼房，有青山湖泊，全不是父亲想象中的偏远地区。父亲再往前走，直到木里。

那时候，木里境内尚无公路，仅有一些供马车通过的驿道和羊肠小道。刘凯的父亲是怎么到达木里的，很难想象。但到达木里后，大山阻隔之下，满目的少数民族同胞缺医少药的景象，与父亲想象中最艰苦的地方相吻合。父亲停留下来。而刘凯母亲的经历与父亲类似。母亲是成都市双流人，西昌卫校毕业。在西昌读书时就知道在整个凉山州，木里是最偏远的地方。毕业之后，心无旁骛，直接要求分去了木里。

父亲和母亲，两个有着共同理想和相同价值观的年轻人在木里相遇相爱，结为夫妻。

1966年，小刘凯出世了。五岁时，父母响应党的号召，"把医疗工作的重点放到农村去"，"大力发展合作医疗"，再度要求下到更基层的地方去。小刘凯跟随父母从县城去往桃坝乡。

那段去往桃坝乡的经历在年幼的刘凯心里留下了难以磨灭的印象。

从县城到桃坝乡有一百多公里路程。没有公路，只有驿道。只有随马步行。两只背篓，背篓里放只小板凳，刘凯和姐姐被放进背篓，坐在各自的小板凳上。再用一根绳子，拴住两只背篓，驮在马背上。马不停地走，背篓不停地颠。刘凯在背篓里被颠痛了，或者被尿憋急了，就哭，使劲地哭。

天黑时，马帮终于停下来，安营扎寨。先在地上铺一层油布，放一层干草，再铺一层油布。一家四口就睡在那张油布上。煮饭就是在地上挖一个坑，或者垒几块石头，叫作"埋锅做饭"。也没什么饭做，就是烧一点开水，冲酥油茶，吃糌粑。糌粑即是用青稞做成的炒面，再用酥油茶或青稞酒拌和后，捏成小团食用。

一趟路程，需要三到四天。三四天都在马背上颠，打地铺，草地做床，星星做被。三四天都捏糌粑，喝酥油茶。

刘凯说，他至今还会捏糌粑，做酥油茶。这样的东西吃两坨，结实得很，一天都不会饿。

刘凯的父亲和母亲到了桃坝后，桃坝才有了有史以来第一所医院。

那个年代，夫妻俩就是一所医院。

没有分工，也没有上下班，24小时都在看病。半夜听见敲门声，背起药箱就走。有时候不用人来，找人带个口信，寻着地址就去。刘凯那时候就是那个跟在父母身后，背着药箱的小孩子。药箱的样子，他至今记忆犹新：皮革质地，正面有个红十字——代表着奉献精神，也代表着为人民服务。

那可是真的服务啊。掏心掏肺，为老百姓。乡民们感念来自城市的刘凯父母的付出，纷纷送来鸡蛋或者腊肉，细心的母亲老早就备好了一杆秤，有人送东西来，收下；用秤称过，按市场价格把钱补给老乡。

桃坝乡有藏、汉、苗、蒙古、壮、彝、傈僳、纳西、布依、白、回11个民族。除了行医，母亲还兼任乡上的妇联主任，谁家有困难，有纠纷，都找上门来，让母亲调解。

父母既要医治老乡们的身体，也要医治老乡们的心灵。

医者仁心，父母是那方水土的活菩萨。

刘凯是在村小上的一年级。学校是生产队的一间仓库，面前的晒坝就是运动场。教村小的方老师，是刘凯一生中遇到的第一位老师，也是至今让他难以忘怀的一位老师。是她第一个让刘凯明白了，如何做一位老师。

学校有三个年级，就她一个老师。都在同一间教室上课。先上高年级，再上二年级，再上一年级。再让高年级的同学教低年级。这种教学方式在一些偏远地区十分常见，并被赋予了一个好听的名字：复式教学。条件尽管艰苦，校舍尽管简陋，但方老师的课开得很齐全：语文、算数、图画、音乐、体育……教室里还有一架脚踏风琴，放在讲台的一角。方老师坐在风琴前弹琴的样子，隔着几十年的光景，刘凯至今忆来犹在眼前。

还有跳舞、唱歌、讲故事……大山里的世界，因为一个美好而多才多艺的老师，变得异常丰富而快乐。刘凯说，那时候，他真切地体会到了什么叫幸福，感觉自己就像住在世界的中心，被爱和知识包围着。

三年级，刘凯到乡中心小学就读。初二开始，刘凯到了县城读木里中学，直到高中毕业。

刘凯在木里中学就读期间，正是木里中学的"黄金时代"，有大批的优秀师资在木里中学任教。他印象最深的是一位名叫徐忠明的物理老师，西南师范大学物理系毕业，课讲得非常好，教物理之外，历史、地理，无所不知，无所不能教。

高中毕业，刘凯仅考上了西昌师专。后来他坚持学习、深造，取得了中国政法大学法学本科学历。2008年9月，刘凯担任棠湖中学副校长。2012年5月任校长。

　　成为教育家后的刘凯以冷静的眼光审视当初，他得出了痛心的结论：当初的木里中学有那样一批好的师资，遗憾的是没有任何管理，没有制度也没有目标，一切都是顺其自然。学生们想学就学，教师们则是凭良心教书。

　　如果有像样的管理，如果有木里中学现在这样的管理，以他当初的成绩，考上重点大学应该不是问题。

　　而与他同年级的薛泉，初中毕业后，去了雅安读高中，最终考上了成都电子科技大学，如今已是北斗卫星导航领域的首席科学家之一。

　　这是刘凯内心难以消解的疼痛，也是促使他产生强烈愿望，要帮助木里改变教育现状的动因之一。

　　成年后的刘凯走出去后时常回来。即使父母年老退休后离开木里，去了成都，刘凯仍时常回来。这里有他的同学朋友，有太多的记忆和牵挂。这里是他的故乡，他的"根"。只是每次回来，他的心里都不平静：走到街上，到处都是"街娃"，喝醉了就打群架，酒瓶子到处乱摔，人走在街上，心都是虚的。

　　该读书的年龄不在学校读书，却在街上到处乱晃，这就是教育落后的典型表现。

　　而一个地方的文化生态不好，肯定会影响社会风气。

　　从同学和朋友那里，刘凯了解到更多木里教育的具体状况。

　　那次与县长伍松相遇时，伍松的话给他的触动尤其深刻。

　　伍松说，他来木里后，想找一个本地的藏族秘书，了解本地情况，能讲本地话的，可就是找不到，不合适。本科学历的几乎没有，专科生也很少。

　　一个地方，连干部都找不到，都没能培养出来，这是怎样的一种境况？所以，再不提高教育水平是肯定不行了，不提高的话，不仅危害下一代，对整个地区经济社会发展，也必然造成严重后果。

　　刘凯为此痛心不已。

第二章　校长人选

1. 换人在即

那次外出培训让胡启华在迷茫之中看见了一丝微光。

那是去成都参加四川省教育厅举办的一个培训会议。培训会究竟讲了些什么，时隔多年，胡启华已经记不清了。但他记得在培训会上，结识了石棉县教师培训中心主任李文录。石棉县隶属于雅安市，与阿坝州和甘孜州接壤，自然环境和人口结构与木里十分接近。石棉县的教育曾经也远远落后于全市水平，后来经过五年的努力，追赶上来，如今在雅安市已属中等水平，而雅安市教育的整体水平远高于凉山州。在与李文录的交流中，胡启华得知，石棉县教育改革的核心，是建立了激励机制。激励机制健全了，教师们的积极性调动起来，教学质量自然就上去了。

从省厅培训回来，胡启华马不停蹄，带着队伍先去石棉县，再去攀枝花、米易等地参观学习。回来之后依样画葫芦，先从木里中学入手，建立了一整套制度。制度建起来了，可执行者还是原班人马。一段时间过后，教师们的积极性有所提高，但教学质量仍不见改善，学生们的成绩仍不见好转。

胡启华再度陷入沉思：木里教育落后的根本原因究竟是什么？

这期间，因为种种原因，木里中学校长徐华贤再度提出辞职。

徐华贤是木里人，与刘凯有着相同的成长经历。父母都是新中国成立后来木里支边援藏的干部。他就读的木里中学高83届，也正值木里中学的"黄金时期"。高中毕业，徐华贤考上了西昌师专化学系，毕业后分回木里中学任教。因为勤恳敬业，2002年10月，徐华贤担任木里中学教导主任职务，2003年10月，任木里中学校长。

徐华贤出任木里中学校长之际，正是木里中学从几近解体的危机中存活下来不久。他受命危难，不遗余力，却终因积重难返，收效甚微。

二十世纪七十年代末至九十年代，正是中国改革开放，社会环境发生巨大变革之际。一方面，高考制度恢复，高中毕业生可以通过高考进入大学。但大学尚未扩招，升学率很低。这期间，木里中学能考上大学的，多是些干部或知识分子家庭的成绩优秀的孩子，普通农户家庭的孩子从高中升入大学的希望几乎为零。另一方面，包产到户，农牧民有了自己的土地和牧场，有了牲畜和山林，普遍感觉劳动力不足。因为对劳动力的需求，又因为升学无望，不少家庭主动选择让孩子放弃读高中，回家成为劳动力，送孩子入学的积极性明显下滑。两种原因互相叠加，让木里中学走出了一段触目惊心的下滑路线。以生源为例：胡启华就读的高92届，当年应届高中毕业生110人，93届，90余人，首次滑至100以下。然后是70人、60人、40人、30人、20人……到2000年，全校应届毕业生再分文理科，理科4人，文科十几人，整个年级，不到20人。

因为生源几近断流，凉山州相关部门考虑把木里中学与毗邻的盐源中学合并。在木里县委县政府竭力争取之下，木里中学才得以保留。考生从20人起，缓慢回升。

徐华贤出任校长的2003年，木里中学应届高中毕业生为65人，高考上线人数4人，占比6.1%。而那之前的三年，毕业人数分别为20人、30人、50人，高考上线人数均为0。

垂死之际，死而复生。元气伤及之大，每一个"零件"都是锈迹斑斑。徐华贤上任之后能做的，就是竭尽所能，维持学校的正常运转。

木里中学也确实运转起来了，生源在缓慢增加。高考上线人数实现了零突破。然而，更加严酷的现实是，更多的生源，尤其是优生，开始大量流失到外地就读。

为了稳住生源，挽救木里教育的危急局面，2008年，木里县委县政府出台了一项新举措：在全县范围内以统一考试的方式，选拔60名家庭困难、品学兼优的小学毕业生，集中到木里中学初中部编班就读，取名"励志班"。考入"励志班"的学生，由政府出资补助每人每月200元生活费，全年以10个月计，共计每人每年补助2000元。同时提出要求：进入励志班的学生，需要与县教育局签订一份合同，承诺初中毕业后，留在木里中学读高中，否则的话，则需退回初中三年领取的生活补助费，共计6000元整。

励志班开办之后，确实产生了很好的影响。曾有一段时间，考上励志班的数量，成为衡量各乡镇学校教学质量的标杆，家长们则以自己的孩子能考上励志班为荣。励志班的开办有力地证明了从木里县委县政府，到教育主管部门，再到以校长徐华贤为代表的木里中学管理层，振兴木里教育的决心从没有动摇过，也从没有放弃过努力，然而遗憾的是收效甚微。木里中学的高考成绩尽管实现了零突破，但高考上线人数始终停留在个位数，教学质量依然令人堪忧。究其原因，则是认识上的错位：从上到下长久以来始终将木里教育落后的原因归罪于生源，却从没有意识到，木里教育落后的根本原因，在于观念和方法的落后。

症结未能找准，药方自然无效。

与此同时，木里中学的校风日下，治安事件频出。

木里境内，家长失望，社会不满，领导层忧心忡忡。

然而，另一方面，木里之外的教育发展进入了快车道。公有制学校加大了创新和突破力度，一批明星级学校光彩照人。股份制学校相继亮相，优越的环境和先进的教学理念令人耳目一新。木里的优质生源流失面积再度扩大："初中和小学毕业生，但凡有办法的，能走的基本都走光了。"

一波未平，一波又起。校长徐华贤整日铆钉一般铆在学校，无暇他顾，却发现自己始终都在救火。长期的过度劳累和紧张让他精疲力竭，最终萌生出退让念头。

一次又一次，他向县委县政府提出辞职，口头的、书面的。

时间推移到2013年。这一次，当徐华贤再度提出辞职时，胡启华的心一下子沉了下来。

在胡启华的眼里，徐华贤勤恳务实，人品出众。作为朋友，他无疑是值得尊敬的；作为校长，他也有太多令人称道之处。为了稳定师资，保护一线教师的积极性，他多次主动放弃了评优与评定高级职称的机会，把名额和机会让给高三教师。可以说，为了木里中学的利益，他可谓忠心耿耿，竭尽全力。然而，明显的不足也不容回避。凡事无论巨细，亲力亲为，最终纠缠于具体事务之中，劳而无功，疲于奔命。究其原因，还是理念落后，制度缺失，学校与上级管理机关未能形成合力，最终积重难返，导致木里中学始终处于一种随意性很强的模糊管理状态。

木里中学要想走出困境，必须注入一种全新的理念，形成科学而有效的管理机制。

一个校长就是一所学校。是时候考虑选拔一位新的管理者了。

胡启华把想法向县委书记张振国和县长伍松做了汇报，得到明确回复：着手物色校长人选。紧接着，被选拔者的基本条件被拟定出来：第一，人品好，有魄力，有一定管理经验；第二，书教得好，有高中教学经历。条件一经拟出，几个合适的人选进入视线。可是，逐一谈话之后，没有人愿意去。谁都知道，木里中学是个烫手的"山芋"，没有人对它抱有希望，也没有人愿意蹚这趟"浑水"。人选未确定，县委县政府对徐校长的辞职申请只好模棱两可，不做回应，但物色人选的工作仍在进行。一段时间之后，一个叫黄河的候选人终于进入领导们的视野。

2. 黄河其人

黄河是宜宾市长宁县人。

2003年底，为拯救木里教育走出困境，木里县委县政府首次出台了特殊政策，高薪招聘外地优秀大学生到木里中学任教。考虑到外地大学生不愿长期留在木里，招聘方式灵活宽松，待遇可观：聘期不限，月薪两千元。

而当时的普通公立学校，干了几十年的教师，工资仅一千元左右。

此时的黄河是乐山师范学院物理系应届毕业生，因家境贫寒，正欲寻求一份高薪工作。

他跨进了木里中学招聘现场。

一番面试、试讲之后，他被当场告知已被录用。

直到这时候，黄河才想起来一个问题：木里在哪儿？

他去看宣传画。宣传画上，有马，有草地，有人，黑漆漆的木板房，烧的是吊锅，地是坡地，天是蓝天……

再去看地图：要过成都、峨眉、西昌、盐源……

太远了，那儿简直就是个蛮荒之地。

得出这样的结论后，黄河对站在面前的徐校长说，我要先回去考虑一下，还要跟家里人商量一下。

这是托辞，他差不多已经决定不去了。

回到寝室，寝室里就有从凉山来的同学。

黄河又问同学，木里在哪儿，那地方怎么样？

同学对木里一无所知。

那么远，不去了。黄河主意已定。

傍晚，黄河又接到徐校长的电话。电话里，徐校长听出了他的意思，却不愿意放弃。先肯定他的能力和表现，再提出请求：无论如何也请再来一趟。

见一见，谈一谈。徐校长说，见面谈了后，你再决定来还是不来。

黄河说，长这么大，他从没有被人恳求过。最终，他还是去了。

他走过去时，一大堆人走过来，围着他。

有一个高个子，面容清瘦，一看就不像木里人。徐校长说，他姓牟，从自贡来木里挂职的副县长。另一位是木里县教育局人事股长林志福，绵阳人。

这支庞大的队伍是专门从木里出来招聘教师的。

除了徐校长是"支二代"，他们都不是木里人，但都给他说木里。他们说，其实，木里并不是你想象的那个样子，那里的环境好、风景好、空气好、人好，就是交通差点，来去的时间长点……

黄河也没想过要去一个样样都好的地方。他看重的是工资高，待遇好。黄河的家在宜宾市长宁县农村。家里兄妹三人，他占老二。哥哥早已成家，妹妹年纪尚小。父母供养他读书，直到大学毕业。老早，就有邻居对父亲说，读书有啥用，你看我们家的娃儿，打工回来，挣钱修房子，都娶了媳妇了，你娃那么大还在供他读书。父亲不说啥，只道，让他读。可是黄河的心理压力很大，他知道父母供养他读书不容易，担心毕业出来，挣不上钱，被人嘲笑：首先得找一所工资可观的学校，让父亲在人前不再受委屈。

那之前，有成都周边的学校到系里招聘，黄河去了，也考核过关了，学校也十分希望他去，但黄河一问待遇，都不高。一些私立学校则说，待遇要和效益挂钩，效益好就高，效益不好就低。

黄河对此全无把握。

无疑，在所有的招聘单位中，木里中学开出的工资是最高的。

此刻，黄河的心又动了，他在心里推理：他们都是外地人，既然他们都能生存下去，我也能生存下去。

徐校长看出了黄河的心思，说：两千块钱一个月，招聘制。你想干好久就干好久，干一个月也行，干一年两年三年五年，都可以。你先去试试吧，给自己一个机会。

黄河咬着牙，签下了合同。

黄河记得很清楚，那天正好是2003年12月31日，岁末的最后一刻，新年近在眼前。

2004年8月下旬，黄河踏上了前往木里报到的路途。到达西昌时，他去同学家小住几日。又问同学的父亲：木里在哪儿，那地方怎么样？

得到的答案令他大惊失色：那地方你也敢去？那是凉山州最远的县。那地方太恼火了，抢人的、放火的，啥都有……

黄河如坠无底深渊：西昌人都这么说，看来那地方确实不能去。

可是，时间已到了8月下旬，所有的学校已招聘结束，再找工作的路已经堵死。他只好硬着头皮往前走，感觉如同上刀山下火海。只好在心里不停地安慰自己：先咬着牙干一年，再作打算。

坐上长途汽车去问司机，到木里要走几个小时？司机答，八个小时。他的心又是一沉，闭着眼睛，不看窗外的世界。偶尔睁开眼，满目的黄土高原，天被挤成了一道缝。再往下看，千沟万壑，深不见底。

临近中午，车停下，在一个路边餐馆吃午饭。从车上下来，眼前一座青山，高耸入云，阳光直射下来，满目的植被，翠绿闪亮。再看四周，都是青山，葱茏亮堂。黄河重重地舒出一口气来。

到达木里已近傍晚。阳光还在地上，金毯子似的，踩上去，人有些恍惚。清冽冽的空气吸入肺腑，猛一个激灵：哇，这么好的空气，简直就像喝了凉水似的。而这时候，老家那边正值酷暑，每一粒尘土都是烫的，吸进肺里，辣椒面一般。

太爽了，哪有他们说的那么恼火。

黄河从心底生出一丝欣慰。

3. 试"钢火"

教学工作从第二天开始。黄河被分配教两个班，一个好班，一个普通班。黄河的感受是，教学任务能够胜任，但学生难管。初上讲台，黄河就遇到了不小的麻烦。

那时候的木里中学，老师和学生间的关系极为怪异。学生对老师是否认同，不是看他的人品和教学水平，而是看他有没有"脾气"，即有没有能力（武力）让人服气。由此学生们想出了一个办法，每个新来的老师上讲台时，都要试一下他的"钢火"。如果"钢火"好，学生服气，上课则较为顺利。如果"钢火"不好，则会被学生小看，轻者管不住学生，课堂纪律混乱；重者惶惶不可终日，随时都有可能与学生发生正面冲突。

有一位英语老师，因为"钢火"不好，学生在课堂上打闹、说话、吃东西、自由来去……根本无法正常教学。久而久之，老师竟产生了上课恐惧症，一听见上课铃响就紧张，晚上做梦都在与学生斗智斗勇。

但新来的黄河不了解这些。那天黄河走进教室，上课，开讲，板书。背对着学生板书时，他听到一声尖叫，怪而嚣张，从教室的一角传来。但他并不惊讶。到木里中学没几天，对学校的情况他还是有所感受。开学时，徐校长语重心长对他说，差班看管理，好班看教学。言下之意，给他一个普通班一个好班，是学校信任他，给足机会让他锻炼，也趁机看看他的能耐。他正值年轻气盛，自然也踌躇满志，想好好表现一下。可是上了讲台他发现，并不是那么回事。在木里中学，好班不好，差班够差，其间的差距只是五十步笑百步。打闹、说话、扔纸团、你说东他说西……相比之下，上课睡觉还是好学生，至少他不会影响别人。黄河不慌不忙写完板书，转过身来，还没有开口，学生们自己先闹起来。

一个说：是他在叫。

一个说：是他。

黄河大体知道是谁在尖叫，就先指着一个胡乱指点的学生，让他站起来，批评他哗众取宠。学生站起来了。另一个学生坐在座位上，抄着手，阴阳怪气道：哎呀，老师，让我来帮你收拾他嘛，不用你动手。

　　黄河向着那个古怪的声音走去。

　　人还没到，一只拳头飞过来，落在黄河的鼻梁上。

　　黄河的眼镜被打飞了。

　　看不见四周，本能地，黄河的拳头也飞出去，同时闭着眼睛在教室里咆哮：这个学校，有你没我，有我没你！

　　后来，打黄河的学生被叫去了治安室，治安室主任的问话，又让黄河大跌眼镜：你是啥子民族，叫什么名字，你们家有哪个亲戚在县上……

　　黄河怒不可遏：这个学校，有他没我，有我没他！今天这个事情不处理好，我不干了，走人！

　　好不容易招来的新教师，生怕他不干了，走人，这一点，不光黄河，也不光徐校长明白，所有的领导和老师都明白——木里中学的师资紧缺，从建校以来到现在，始终都是软肋。

　　可是，最终来找黄河的，不是学校领导，而是肇事学生。

　　再见到这位学生时，学生已换了模样，可怜巴巴道：学校领导让我来找黄老师，黄老师你同意我读我就读，黄老师不同意，我就只有走人……

　　黄河觉得可笑至极：这个事情，不是我让不让你读的问题，学校有规定，你去找学校，按规定办。

　　学校确实有规定，但规定停留在纸页上，从没有执行过。久而久之，规定上究竟是怎么说的，没有一个人记得。

　　黄河的气上来了，这一次，他是对着管理学生的政教处吼：这个事，我还是那句话，处理得好就干，处理不好，不干了！

　　可最终让步的还是黄河。说起原因，黄河至今感到心酸。一位带过他的老教师徐忠明出面说情：那个惹事的娃儿，是从俄亚乡来的，俄亚乡距离县城280多公里，不通车，来去都是靠步行。那地方恼火得很，能够来县城读书相当不容易。你没有去过，我去过那里，来县城上学，光单边步行，就要十来天时间。

　　就是这样的娃儿，好不容易有了上学的机会，在学校里就是这么瞎混，都学成啥样了？你说，这是谁的错，是谁的责任？

但这件事情，也给了黄河很深的触动：管学生，就得较真，不怕事。大家都不敢管，读几年书，学生啥都没学到，老师也不像老师，一点尊严也没有。

而在学生们中间，也有了结论。黄河被试了"钢火"，属于"钢火好"的老师。"钢火好"就是有"脾气"，学生们服。

一段时间下来，黄河得到了普遍认同，课上得好，班上的纪律也好。好班的成绩稳定，普通班的成绩也名列前茅。每一次，徐校长见了他，总是会停下来，说同样的话：好好干，干脆留下来算了，别走了，我拿最好的班给你教。私下里，徐校长还安排时任副校长黄晓莲和女教师胡丽娟为黄河物色女朋友。有了女朋友，安了家，羁绊多了，想走也就不那么容易了。

果真，黄河有了女朋友，留了下来。2006年底，黄河转正，成为木里中学的一名正式教师。2007年6月，县政府选调秘书，黄河被推荐出来，调至县政府担任秘书工作。

从2007年6月到2013年5月，整整六年时间，黄河服务了三届县政府常务副县长，参与了政府办各种重要文件的起草，参与了县上各个重大事件的处置工作。

然而，身份的问题始终是他的困扰。

黄河从学校调去县政府办公室，属于从事业编制到公务员编制。按照相关政策，身份的转变必须经过考试，而公务员编制是逢进必考。黄河的身份转变因此费尽周折：先是以事业编制身份挂在县志办，2009年参加考试，考上了乡镇公务员编制，人在县上，人事关系留在乡上。2011年，才从乡上调至政府办，成为县政府的正式员工。

身份的转换过程，花去了黄河将近五年的时间。

2013年春，由张振国任县委书记、伍松任县长的木里县新一届领导班子已施政一年多了，黄河在秘书岗位上也已经工作了整整六年。黄河的提拔问题引起了县委县政府的重视，组织上有意将他调去县人大办公室任副主任。

那期间，一次偶然的相遇，改变了黄河的人生路径，也改变了木里教育的走向。

那是在一次聚会上，黄河和胡启华相遇了。

这之前，两人原本就认识。木里县城原本不大，两人又都在政府部门工作，许多的场合都可能碰上，碰上了，自然要聊几句。那天的情况有所不同。胡启华的心里，一直就装着校长人选之事，而黄河的心里，也正好装着去留问题。黄河一句随意的话，引起了胡启华的在意。

黄河说，如果有可能，他愿意去教育局，为胡启华做副手。

胡启华心下一震，却没有表露出来。

胡启华知道黄河的大概经历：先在木里中学当教师，后来调至县府办，一直在做常务副县长的秘书。而一个县上，如果把县长比作统帅的话，常务副县长就是统帅手下的第一大将。哪里有事去哪里，哪里有问题就在哪里出现。黄河跟在身边，肯定也见识了不少场面，得到了不少锻炼。

但秘书工作毕竟不是领导，只负责服务，不担硬担子，管理经验可能欠缺。

然而，也没有更合适的人选了。

第二天，胡启华的电话就打给了徐华贤。徐校长的回答很肯定：书教得好，敢管学生。

胡启华的信心又多了一层：看来只有他了。

黄河作为木里中学校长人选的报告很快就递到了木里县委县政府主要领导面前。县长伍松也表示出犹豫。他担心黄河经历简单，管理经验不足，威信不够，难以服众。通过了解，却对他的能力和态度有信心。

最终，县里决定做出，分两步走：先让他到教育局任副局长，兼任木里中学党支部副书记、副校长，一段时间过后，再任校长。

是县长伍松出面找黄河谈话的。伍松开门见山：准备把你安排到木里中学当校长，但因为你任职资历不够，先让你任副职，一步步来，好好干……

至此，木里中学校长人选尘埃落定。

4. 刘凯带信

另一场谈话是在胡启华的办公室进行的。那是2013年5月，黄河的任命通知刚下，还没有就任，也还没有与木里中学的师生有任何接触。

这个空当是胡启华有意留出的。

他要趁这个空当，将黄河送去外面学习，而学习之前，不能让他受任何现有环境的影响。

他要将黄河装进一个"真空"的盒子里送出去，学习一整套先进的管理理念和方法回来。

他想让木里中学从内到外，从形式到内容，脱胎换骨。

此时的胡启华，已经清醒地意识到，木里教育的落后，不是生源问题，而是观念和方法所致。

不能受他们的影响，切不可沾染半点木里中学的旧观念旧陋习。这是胡启华内心深处的声音。

谈话的内容因此异常严肃。胡启华是那种典型的温雅内向性格，话不多，音频不高，说话的语速也不快，做起事来却不含糊。用县长伍松的话说：我一看就是有脾气的人，而他看上去温文尔雅，骨子里却有一股固执劲儿，认准的事情，非常较真。

那天胡启华的语速也不快，声音低沉。办公室里没有外人，也不是怕人听见，而是事关重大，因为慎重，下意识压低了声音。

多年之后黄河回想，他已经记不起太多内容，只记得当时自己的感受：倍感荣耀，也意识到责任重大，但并没有真正明白事情的严峻性，只把它看成了一次常规调动。觉得自己在木里中学教过书，又在县政府干了六年，到了新的岗位一定会有所作为。

因此黄河表态：既然领导重视和信任我，那就好好干一场吧。出去时一定好好学习，回来后好好干工作。

这是一次寻常的表态，却是一次非同寻常的选择。后来的好长时间，黄河为此后悔不已。

接下来的问题是，将黄河送去哪里学习？

胡启华首先想到的是攀枝花。

攀枝花是木里的对口援建地，也是除州府西昌之外，距离木里最近的城市。攀枝花对木里的援助开始于2010年。其时，四川省委省政府为了促进藏区的经济社会发展，改善藏区的教育卫生等社会事业的落后现状，专门出台政策，由四川省内相对发达的地市州，对省内藏族聚居区的每个县进行帮扶，名为"援藏"。木里尽管隶属于凉山彝族自治州，却是全国仅有的两个藏族自治县之一，也是四川藏族聚居区的组成部分。因此在省委省政府层面上，指定攀枝花对口援建木里。

始于2010年的攀枝花对木里的援建，是一个宽泛的概念。用胡启华的话说：所有木里经济社会的各个方面，各个领域，全方位援建。

而对木里教育的援建，攀枝花方面不光非常重视，还真心实意，做了许多事情。

单就师资的援助，攀枝花就在自己原本优秀师资紧缺的情况下，在全市范围内，通过严格选拔，选出优秀教师派往木里任教，任教周期为两年。同时举全市之力，派出教育方面的管理人员、专家、教师等各类人才，以"走出去、迎进来"的方式开展各类培训指导工作。

作为木里人的代表，又是木里教育主管部门的领导，胡启华说，木里人对攀枝花感激不尽。这不是口头上的，也是如他们对我们的援助一样，是发自内心，真心诚意的。但同时，胡启华又道，这么实诚的用心，这么大规模的帮扶，为什么当初的效果并不明显？这也是让胡启华思考了很久的问题。

是内因和外因互相作用时发生了对冲。

当时他们派出优秀教师来木里任教，还派了专家、管理人员……都派过来了，定期不定期开展培训和指导，跟踪效果，就连新教师入职培训、乡镇教师入城考核的试题等都帮我们出，可以说是竭尽所能倾其所有。可为什么效果不够明显？是由于我们内部的原因，我们内部的管理不规范，认识不到位，他们带来的先进理念和方法起不到辐射作用。他们的辐射和带动作用被我们本地阻碍变革的负面力量所阻挡，抵达不了实施层面。所以他们先进的理念和方法得不到有效落实。

因此这一次，胡启华想好了，他要在攀枝花找一所好学校，让黄河去挂职学习。而学习之前，决不能让黄河受到旧习俗旧观念的影响。

他要清除革新途中的阻力，让新理念新方法可以直达校园。

恰好这时，有一个口信，从更远的成都被带到了胡启华的面前。

带信人是刘凯，成都双流棠湖中学校长。刘凯说，如果木里的教育需要帮助，他可以助一臂之力。

刘凯的话说得诚恳也说得很有劲。留足了余地，又张力十足。细品之下，不难看出，首先，他有这个意愿要帮助木里；其次，他有能力帮助木里。

胡启华当时并不认识刘凯，但他听说过，刘凯连同棠湖中学的鼎鼎大名他早有所闻。得到这样的口信，无异于雪中送炭。胡启华自然大喜过望。而刘凯这边，早已经得到消息，黄河作为木里中学校长人选已经确定下来。那之前，校长人选的问题通过伍松和县上别的朋友，他也了解了大体的情况：要有教育背景，人品要好，要有较强的政策水平和管理经验……确实难找。县上的领导甚至说，请他帮忙物色。后来黄河作为人选浮出水面，按照要求，一一比对之后，刘凯说，按这些条件，选来选去，只有他合适。但也有赌的味道。他教过书，也教得不错，但从没有搞过管理。

而管理一所学校需要怎样的品性和才干，需要具备多大的承压能力，需要做好哪些准备……没有人比刘凯更清楚。一个可行的想法自然生出：让黄河到棠湖中学挂职学习一阵，由我亲自带他，学成之后再回去接管木里中学。

刘凯因此递出了"橄榄枝"。

有幸的是，这枚关系着木里教育走向，也关系着木里全县13.9万人口的幸福和未来的橄榄枝，被时任教育局长胡启华准确地接住了。多年之后，提起这段机缘，棠湖中学退休教导主任、督学吕巽老师仍然动情地说：这是情结拥抱了愿望。

是的，是情结拥抱了愿望。

那天黄河就要起程前往成都双流棠湖中学挂职学习了。护送的队伍十分隆重，几乎出动了木里县教育局整个班子：由胡启华带队，随行的有木里县教育局副局长李宁林、办公室主任张晓朋及司机李荣刚。临行前，胡启华还带着黄河专门去到县委组织部，面见了时任组织部长王峰，向他呈明情况，并开具了正式介绍信。这样的时刻，在胡启华看来，越隆重才越能够表达敬重和感激之情。

那是刘凯与胡启华和黄河第一次会面。场面轻松自然。刘凯强调自己是木里人，以家乡人的热情款待了远道而来的客人。交谈中，胡启华很是诧异：刘凯校长不光对木里整个的情况很了解，对木里的教育，就连木里中学哪位老师教书的水平如何，性格和背景，他都了解。

此去，黄河所挂的职务是棠湖中学副校长。

作为木里县教育局长，胡启华代表县委县政府首先表达了对刘凯校长和棠湖中学的感激之情，并同时表示，希望黄河在棠湖中学挂职学习期间，在刘凯校长的亲自教授之下，从最基本的常规管理开始，系统而全面地学习，有针对性地请教，直到掌握了全套的管理模式和流程，并由刘凯校长亲自考查，认为可以独当一面了，再回木里，直接接手木里中学的校长职务。

刘凯的意见与胡启华高度吻合。刘凯话语轻松，分量十足：他要亲自带黄河，就像师傅带徒弟一样。而且不着急，最好能在棠湖中学挂职学习一年，多跟他一些时间，具备了一个校长的独立管理能力之后，再回去。

然而，仅仅两个月后，黄河却被胡启华紧急召回。

原来黄河的任命通知下达之后，尽管并未就任也未与木里中学发生任何交集，消息却在木里县城很快传开了。木里中学内部的反响异常强烈。一方面，老校长徐华贤得知后，加大了辞职力度，频繁去找县委书记张振国。另一方面，因为人事变动，人心浮动，木里中学的管理和教学秩序深受影响，让胡启华深感忧虑。种种原因之下，迫使胡启华提前做出了召回黄河的决定。

而棠湖中学这边，一切都很正常。刘凯果真以"师带徒"的方式，手把手教导黄河。每天从作息时间开始，早上7点20分，刘凯校长立在校门口，迎接学生。黄河跟随刘凯校长，立在校门口，然后是一起去食堂吃早餐。早餐时聊一些当天需要处理的事务。饭后到办公室，按流程处理事务。每个环节都讲给他听，让他参与，让他有所体会。

各类的大小会议、活动，都让他跟随在身边。

晚上，则是黄河向刘凯或者棠湖中学的各位专家老师请教的时间。

当校长不是专家，是杂家。要想搞好管理，学校的所有环节都得懂，都得成为内行。

那段时间，棠湖中学的学导处主任朱元根、德育处主任朱玉彬、督学何群、校党支部副书记贾成良……都成了黄河请教的对象。

学校整体管理、教师考核、培训计划、学生管理等，要学的内容实在不少。

此外，刘凯还特意创造机会，让黄河认识省教育界各类专家。有省教科院的，有双流教研室的，有省内各名校校长，让黄河与他们见面交流，建立长久联系。

黄河后来感慨，在双流学习的两个月时间，认识了那么多教育界的专家，积累了资源，后来木里中学遇到困难，需要支持时，他们都伸出援助的手，给了那么多帮助，都是托刘凯校长的福。

一个月过去，黄河进入了状态。两个月时，黄河的学习渐入佳境。接到召回通知时，尽管意外，但黄河信心十足，踌躇满志。

感到忧心的是刘凯。

刘凯了解木里教育的状况，也理解木里干部们的心情，但刘凯更清楚要管理好一所学校，远非易事。一整套管理的理念和方法，对各种复杂矛盾的应变能力、承压能力……尤其是木里中学那样的地方，黄河挂职学习的时间实在太短，以刘凯对黄河的了解，他远没有做好独立管理一所学校的准备。

忧心之下，刘凯要说的话实在太多，难以言尽。

临行前，刘凯只能以速成的方式教导黄河。

第一步，先抓纪律，把门守住。一所学校，门都管不好，到处脏乱差，成什么体统。街娃随便进出，社会上的人喝醉了都去里面闹事，成什么学校？把门守住，先把刀具等违禁物品收管起来——只要没有刀具，即便打起架来也不会太严重。

山区教育的底线是：老师如果不能教给学生知识，至少也得保证娃娃们的太平和安全。

然后是抓卫生、抓考勤、抓仪容仪表整治。迟到的早退的、仪容仪表不过关的统统收拾。只要学生们能在教室里坐下来，好学的那些人就不会受到影响。学生规矩了，老师才敢管学生。

只要学校的风气变了，社会上的影响不一样了，老师的信心也就有了。

刘凯的两步棋，归根到底，仅为一步：抓校风校貌管理。这是一所学校的外形。形之不具，谈何内核？学校管理乱七八糟，谈什么教学质量？其余的，只能走一步，看一步。

人要走了，刘凯的心情并不轻松，相反越发沉重。或许，从那时候起，刘凯就下意识有了想法，也有了担当：人虽走了，"师徒"关系还在，还要继续，黄河还得教下去。只是，走一步，看一步，一步步来……

黄河听着刘凯校长的话，频频点头。尽管事发突然，他也有些意外，但迄今为止，黄河还尚未进入角色，还是一个理论上的管理者，实际上的旁观者。当然也就很难理解刘凯话里的深意，更难预料前路的险峻。在棠湖中学挂职学习两个月，尽管时间短暂，但黄河自认为收获颇丰，对"一所好学校的管理框架"有了理论认识。眼看就有了将理论付诸实践的机会，黄河的心里既兴奋又忐忑，且充满期待。

告别刘凯校长和棠湖中学回到木里后，黄河写出了一份近万言的心得体会，呈交给县长伍松和教育局长胡启华。

5. 兼任校长

回到木里正值7月，学校放假期间，黄河去县教育局上班。9月，木里中学开学，黄河去学校协助管理。那段时间，用黄河的话说，在教育局上班有局长，在学校上班有校长，"大树底下好乘凉"，虽然也参与管理，大事小事都知道，但不需要挑担子，承担责任，也没有感受到任何压力。那是让黄河感觉异常轻松的一段日子，一切都风平浪静。

然而，私底下，另有一场风浪，却在黄河未知的境况下进行着。

那是木里县委县政府层面，一个有关木里教育的重大决策正在剧烈酝酿，就要尘埃落地。

自然是以木里中学校长任职为核心。

黄河回来了，可是，他能够胜任木里中学校长的职位吗？

意见几乎一致，都感到担心。一是他的能力。他已经多年没上过讲台，也从未有过管理经验，单去棠湖中学学习了两个月，就能把一所学校交给他？万一搞砸了，谁来承担这个责任？承担责任事小，木里中学原本就已经积重难返，再要是雪上加霜，岂不成了万劫不复？

其二，能力之外，还有资历。像木里中学这种地方，知识分子成堆，各种心态和人际关系，各种矛盾错综复杂，而黄河从普通干部提拔至副校长才几个月，又贸然地任命他为校长，没有先例不说，还很可能因为资历浅，难以服众，陷入管理困局。

于是，就有人提议，先不要急着同意徐华贤辞职，让他再担任一段校长，也让他带一带黄河，待黄河成熟一些，有了一定威信后，再任命不迟。

胡启华一听这话就跳起来。很明显，这话戳到了他的要害。好长时间以来，自他担任县教育局长以来，木里中学的情况他太了解了，徐校长的良苦用心和实际管理能力他太了解了。如果让徐校长带黄河一段时间，恐怕威信还没有树起来，黄河的锐劲几下子就被磨掉了。而且多年来的事实证明，徐校长不敢推行新观念，新方法，怕失误，怕承担责任，只求一个字，稳。

还有的话胡启华不愿意说出口：当初，他可谓用心良苦，他不让黄河到木里中学就任，不让他跟木里中学的老班子有任何接触，直接把他送去外面学习，就是为了避免黄河受他们的影响。

胡启华的心里也有千般感慨，万般感受。说实话，对于老校长徐华贤，胡启华是敬重的，打心眼里敬重。对他的人品，对他几十年来对于木里教育事业的忠诚。但敬重是一回事，工作又是另一回事。木里中学的现状，已到了非改不可的地步。作为木里人，作为木里教育的管理者，他早已经心急如焚，一刻也不愿再等。而木里的教育要突破，要走出重围，必须呼唤新观念，起用新力量。

那怎么办？总得有办法解决。

黄河5月份才被提拔为副校长，总不能马上就提成校长。

年限不够，也没有这个规矩，没有先例。

大家纷纷议论着。

几乎是闪念间，一个想法冒出来，他已经说出口：要不，我去兼任校长，给黄河扎起，对老师们也有威慑力。

谁也没想到他会出这招。半晌之后，谁都不得不承认，这是目前看来最可行的办法。

至于会后，众人如何看待他的这个提议，胡启华无从得知。只是事后他承认，这确实是他突然冒出的想法。没有任何预料，也来不及细想后果。当时他只有一个念头，就是不能让黄河去受那些陈规旧习的影响，必须要用全新的观念和模式管理木里中学，让她脱胎换骨。

多年之后再说起当初，胡启华也不曾后悔，反倒有些安慰，觉得自己有担当：你一个局长干得好好的，去当中学校长，干得好不说了，干得不好，对你的看法肯定不少。但实际上，当时的那种情况下，干得不好的可能性要大得多，大好多倍。

我当时没考虑这些，只想把它办好——成也好败也好，都必须干。胡启华说。

对于胡启华此举，事后黄河颇有感慨：他来兼任校长，是怕我干不好，失败了，万劫不复。他是主动要来承担责任。也想带我一段时间。幸好有他带，否则的话，肯定要失败。

而远在成都的刘凯，则用"伟大"一词来评说胡启华此举：他是害怕黄河镇不住场子，主动担责。而当时，他已经有提拔的可能，已经是县级后备干部了，如果这一着搞砸了，很可能影响他的提拔。换了别的人，十有八九都会犹豫，而他根本没想过这些。

此事从2013年7月起议，到11月初，走程序，过组织部部务会、常委会，通过任命，形成决议，历时四个月有余。

11月5日那天，黄河记得很清楚。他正在成都出差，参加一个由省教育厅召开的教学设施装备现场会。会议中途，他接到电话，是县委组织部打来的，要求他在11月6日中午之前，务必赶回县上。而之前黄河接到老家的电话，说母亲病了，他正打算开完会借出来的机会回去一趟。接完组织部的电话，他从会场出来就往老家赶，到家已是当天下午四点。见到母亲，并无大碍。匆匆说了几句话，又折身往回赶。

先乘大巴到峨眉，再坐火车，6日一早到达西昌时，胡启华派来的司机已在火车站等着他了。中午回到木里，面见了胡启华。

午饭也是在胡启华家吃的。吃饭时，胡启华告诉他：老校长徐华贤的辞职报告已获批准，木里中学的担子提前落到了你的肩上，下午就去木里中学召开任命大会。但考虑到他的资历阅历等原因，由我先兼任校长，有啥事情我担着，你只管放开手脚好好干。同时他还告诉黄河，为了断其后路，让他一门心思干工作，已经免去了他的木里县教育局副局长职务，任命他为木里中学常务副校长，全面主持工作。

第三章　无从下手

1. 黄河挨训

　　任命大会的第二天，木里中学课间操时间，胡启华站在操场上，以新任校长的身份，发表了一次简短的讲话。内容归结起来仅为一点：从今天起，我们要按制度执行，所有学生进出校门，一律须佩戴校牌，否则不予进出。

　　这是胡启华和黄河遵循刘凯校长的教导，就任之后使出的"第一招"：抓纪律，把门守住。

　　任命大会是头天下午在木里中学阶梯教室举行。由时任县委副书记徐启权宣布了任命决定。新任校长胡启华和常务副校长黄河分别在会上发表了就职演讲。会场的气氛有些异样。既喧闹又有些反常的冷静。尽管消息早已传开，可真到了跟前，传言变成现实，人们还是感到意外。就是黄河自己，也有种不太真实的恍惚感。

　　意外的情绪弥漫在会场，把气氛搅得有些凝重。

不得不承认，由胡启华兼任校长是意外中的意外，让木里中学的教师们全都蒙了。可回过神来，大家又多少感到有些庆幸。毕竟，自胡启华担任木里县教育局长至今，已经两年多了。隔着距离，大家对他的印象是，肯定多于不满。尽管背地里也有人说他是外行，不懂教育，但同时也认同他勤恳务实、谦逊好学。而黄河就不同了。一提到黄河这个名字，大家心里的五味瓶立马就打翻了。认识黄河的教师不少。不认识的，经别的教师一说，也就有了认识。一致的态度是，他一个普通教师，教书没几天，去县政府镀了层金，再回来，摇身一变，就成了大家的领导。

没有人心里表示服气。

然而，很快地，大家又看出了"门道"：原来胡启华来木里中学兼任校长，就是挂个名，是为黄河撑场子来的；真正主事的人是黄河，不远的将来，担任校长的，也是黄河。

于是大家的心里又多了不满，多了轻慢，不光对黄河，也对由胡启华和黄河代表的整个"新势力"。

意外的是老校长徐华贤临走之前，没做任何交接，说走就走了，直接去了西昌。新到任的胡启华和黄河，除却一纸任命，余下就是一头雾水。

说到当时的情景，黄河用了一句老话：两眼一抹黑。胡启华说得更实在：像我们这样，两个人，要懂不懂的，不晓得咋个抓……

面对现实，黄河在棠湖中学学的那些东西，那一整套理论和框架，存在脑子里，用不出去，不知道从何下手。

　　事后胡启华承认：当时确实是因为情势所迫，提前把黄河召了回来。他学习的时间确实短了，没有达到预期的效果，这为后来的工作造成了很大影响：

　　不光是管理经验上的，应变能力，还有承压的能力，黄河都没有准备好，没有达到预期的目标。

　　只有从最简单的地方入手。刘凯校长的话又在耳边响起：先抓纪律，把校门管好。校风好了，学校才像一所学校。

　　任命大会的第二天，操场上，胡启华以新任校长的身份发表的短暂讲话，既是新班子的首次亮相，也是一次正式表态：从现在起，要抓校风，抓管理，一切按制度办，整顿学校纪律。

　　然而，当天中午，胡启华就遇到了来自一位初中生的挑战。

　　那天中午放学时，胡启华随着人流往外走。几个初中班的学生走在他的前面，不时回过头来看他，其中一个高声道：新官上任三把火，我还想弄（四川话，收拾的意思）他呢，不戴校牌就不准进校门？哼！

　　很明显，这话是故意说给他听的。他也确实听见了。而且，学生说完之后，又回过头来看他，挑衅的眼神，引来一阵哄笑。

　　胡启华当时感到十分震惊，还有些恼怒。可奇怪的是，他却始终保持着原有的步伐，若无其事，假装没有听见。事后胡启华坦言：本想一把逮住他，教训他一番。可如果把他抓住了，他又哭又闹，拒不认错，弄得下不了台……他们刚刚就任，凭直觉，他知道，面临的局面千头万绪，错综复杂，不能贸然行事，让自己处于被动。

也许那位同学毕竟年幼，说罢这句话，马上又回过头来看他，最终还是把持不住，拔腿跑了。

与胡启华的沉稳相比，黄河就显得急躁多了。

从制度宣布的当天起，胡启华和黄河每天早上六点半钟到校，立在校门口，把守校门。每天早中晚，三次，学生集中进出校门时间。迟到的，不戴校牌的，留下来，让班主任来领。

每天都要抓几十个学生，排成一排，比一个班还多。

到了晚上，学校门前的长坡上，到处都是星火，时明时灭，像一片星海。那是学生们抽烟的火光。黄河蹲在暗处，看见了火光，跳出去，一手抓俩，带回治安室。

分管治安的是副校长王元贵。为了有法可依，黄河让王元贵起草个校门管理条例，王元贵的回答理直气壮：以前学校可没有什么管理条例！

黄河说：啥子都按以前的干，要我来干啥？

抓卫生与抓校门管理同时进行。

当时的木里中学，仅有老校区（现为初中部），占地面积20余亩，由三位教师分管卫生：一人管学区，一人管运动区，一人管寝室。真应验了那句老话：三个和尚没水吃。学校的清洁卫生一塌糊涂。到处都是垃圾。小卖部前的食品包装垃圾，教学区的尘土果屑，学生寝室的污水油腻，地面踩着都要粘脚……黄河提出整改要求，管学区卫生的女教师首先站出来：我不干了，可以不？

黄河说：可以，但写个申请来。

女老师的声音高起来：写啥申请，让我干的时候没让我写申请，我不干了，只给你说一声，凭啥要写申请！

黄河无话可说，恼怒不已。

意外的是，女老师辞职之后，把负责公共区域清洁卫生的临时工也带动着辞职。转眼间，校园脏得惨不忍睹。

类似的抵触和对抗比比皆是，即使不说话的，也很消极，软对抗，推诿和拖拉无处不在。

这边的情况，远在成都的棠湖中学校长刘凯仿佛长出了千里眼，既听见了也看见了，因而每天都给黄河打电话。每日四次：早上、中午、傍晚、深夜。从2013年11月6日起直到2014年7月，整整半年多时间，从未间断。

早上6点多，刘凯的电话来了：昨晚睡好了吗？今天你到学校要干些啥子？要给老师做些什么……

中午：上午的情况怎么样？

傍晚：你要咋个做……

深夜了：今天晚自习怎样，要休息好……

黄河垂头丧气：他们根本就不服气，不听你的。这样推动不起，那样干不了，很难整。工作几乎无法开展。

11月中旬，彝族年前夕，黄河就任半个月时。那天他接到刘凯的电话。刘凯在电话里为他打气：不要怕，我这就来木里，我带专家来，给你扎起，我就要来看看他们到底有多厉害。

11月18日，刘凯就要来了。

黄河一早就开始期盼。

不料，刘凯一到，二话不说，劈头盖脸就开始训人：

不主动，不去想办法，一点魄力都没有，成天就晓得找客观原因……

原来这次来，刘凯特别邀请了省教科院的四位专家同行，请他们到木里看看，了解情况，以期长期关注木里。这四位专家是：生物教研员何兴明、数学教研员吴中林、语文教研员段增勇、地理教研员张白峡。

专家们到达木里后，确实起到了震慑作用。那是木里有史以来迎来的级别最高、数量最多的专家团队。专家们深入木里中学，听课评课，与老师们交流，分学科指导教学。

然而，僵硬之躯，偶尔的击打已全然激不起反应。一番深入，专家们感受到的是深深的忧虑。

当时正值彝族年期间，行前专家们就计划好了，先到木里，再沿途去看看凉山州其他的几所学校，顺便指导。彝族年间，学校正好放假，刘凯便提出让黄河跟他走，一路去看看，开开眼界。黄河跟着刘凯去了。谁知整个行程，就是黄河挨训的过程。

11月19日下午，到达盐源宾馆。晚饭后，黄河跟着刘凯在宾馆的院子绕圈子，散步。几十个圈子绕下来，都是刘凯训人的声音：

你不要跟我找理由！那都是客观原因，没有理由好讲。去了半个月了，莫得一点起色……啥子动作莫得，一天只晓得守到个学校。

事后黄河说：我不敢开腔，一句话不敢说，我说一句，他说若干句。

脑子里就是一片空白。黄河又道。

同行的何兴明、吴中林、段增勇、张白峡四位专家，他们都是刘凯的朋友，也是刘凯训人全过程的见证者。

语文教研员段增勇忍不住在一旁感叹，也为黄河开脱：确实，太恼火了，看学校那种情况，再看看他们两个的面容，就晓得，太恼火了。

生物教研员何兴明也在一旁打圆场：刚去，是恼火，还得给他们一点时间。

刘凯不语，态度并没有变得和暖。

第二天，到盐源县民族中学考察指导，黄河一路同行。当晚回到寝室，包放下，刘凯又开始训人：

你这个样子，真让我没想到，垂头丧气，一点办法也没有。你这个样子，让我怎么帮你？我再帮你一个学期，如果再无起色，我就不帮你了。刘凯"恨铁不成钢"，使出了激将招数。

然而第三天，在去盐源县灵山寺参观的路上，刘凯的态度全变了。一路都在交代：第一步，要把安全搞好，一定不能出事。出了事，你们两个都毁了。要把刀具收缴起来，管起来。要搞专项整治，专门弄个方案。

说着刘凯停了步子，转过身，指着黄河：你把电话拿出来，打电话，现在就打，马上打。

黄河拿起电话，拨通了，是打给时任办公室主任袁初的。说话时，黄河的语气谨慎，底气明显不足：弄一个方案，通知下去，把刀具收缴起来……

不等他说完，对方道：这事不该他管，该德育处管。

黄河的语气稍硬：你牵头，德育组配合。马上动手，不要等我回来。

电话那端再没有回应。

当晚在冕宁住宿，第二天，参观了冕宁中学，午后，黄河要返回木里了。大巴车上，黄河的电话又响起来。不用看，又是刘凯。电话接通，刘凯的声音温和极了，还有些伤感：没有退路的，回去你跟胡局长配合好，好好干，一定要干起来……

2. 辞职者众

不用说，黄河回到学校时，方案没人拟订，刀具也没人收缴。分管安全的是副校长王元贵。黄河找到王元贵，询问起草方案事宜。可看对方的表情，就知道这事没有落实。回到办公室，只好自己拟订起方案来。

几天之后，木里中学自胡启华和黄河就任以来的首个管理条例《木里中学关于收缴管制刀具等违禁物品的专项整顿方案》正式出台。

管制刀具从校门口开始。学生进校门时，排成队列，一个个检查通过。再与公安部门联系，派出干警参与管制。学校成立了由年级主任、班主任、公安干警、校警等组成的联合巡查队伍，分成小组，先查教室，再查寝室，收缴到的各类长短刀具、水果刀、棍棒等管制物品，堆满了半间屋子。

这是木里中学有史以来第一次开展大规模的专项整治活

动。木里是一个多民族聚居县，全县有22个民族。各少数民族多有带刀生活的习俗，受其影响，少数民族学生把刀具带到学校成为常态。之前校内发生的多次治安事件，都是因为随身携带的管制刀具造成。此方案出台，得到绝大多数教职员工支持。即使是一些有抵触甚至对抗情绪的人，也不好站出来，明目张胆反对。与此同时，对学生的仪容仪表进行整治。制定出统一标准，将发型和着装照片张贴在墙，对穿着奇装异服的学生进行统计，要求整改。并形成制度，每半个月、一个月不定期检查。一段时间过后，学生的行为做派规范多了，学校风气有了改观。

然而，表面而局部的变化丝毫不能改变事物的本质。干部及教职员工中，抵触和对抗仍在继续，推诿和拖拉无处不在，有增无减，各重要岗位人员大面积提出辞职。

一位临近退休的财务人员，干了几十年财务，本可以再干两年，却突然提出提前退休。

分管卫生的政教处主任辞职。

办公室主任袁初辞职，尤其让黄河伤透了脑筋。

袁初是木里中学的资深语文教师，担任办公室主任多年，心性高，能力强，原有被提拔为副校长的期待。新班子上任后，他自觉希望渺茫，感叹自己怀才不遇，以辞职的方式表达决绝。得知他要辞职，胡启华和黄河深感惋惜。胡启华出面去找到袁初，表达挽留，并竭力想让他明白一个道理：不是有了平台才干工作，而是干好了工作才有平台。

可袁初态度坚决，表示已考虑成熟，执意辞职。

袁初辞职之后，学校的正常运转受到影响，必须马上有人接替岗位。可是，由谁来接任这个岗位？一个个的人选排列过去，没有人要接，只有冷眼和旁观。胡启华和黄河最终只能把目光投去从泸县来木里支教的王浩老师身上。

自2013年起，每年都有外地的老师到木里中学支教。支教老师的时间有长有短，到期就得回去。而胡启华和黄河找到王浩时，王浩离到期返校只剩半学期时间。很显然，王浩不是合适人选。可无奈之下，胡启华和黄河同时出面，务必请他暂时代理。

作为支教老师，王浩既是木里中学的旁观者又是亲历者。他深知木里中学的状况，也深知胡启华和黄河当时的艰难，爽快应承下来。

半学期满，王浩返校离去。

多方考虑后，他俩又把目光放在了本校青年教师胡逵身上。两人轮番出面，反复做工作，胡逵接受下来。可两周不到，胡逵又提出辞职，决意不干。

胡逵辞职的理由，表面上看，与大多数辞职者的理由一致：因为教学任务重，任课多，精力不足，只想集中精力教书。可私下里，谁都明白，他是选择了态度，不愿意站在新班子一边，成为众矢之的。

黄河后来感慨，那时候，老校长走了，班子里都是原班人马，没有人出力，到处都有人使绊子。

木里中学的改革，按说是为所有人好，为所有人的利益，包括学校、老师、学生、家长、全社会……可为什么改革初期，会出现大面积的软拖硬抗？

对此，胡启华分析得很透彻。他说，木里中学的问题，说到底，就是观念落后，制度缺乏，管理模式几十年不变，那就是没有管理。而改革的核心，就是要借鉴一些现成的经验，建立科学的管理模式，用制度管人。在这个过程中，主要存在着四种情况：

一是不服气的。这一部分人，有一定的能力和水平，他们在木里中学的时间较长，又很少到外面去学习，不知不觉中他们的理念和方法已经落后了，但他们不自知，不承认，还认为自己很优秀，是木里中学不可或缺的人才和顶梁柱。而木里中学的传统，不是靠制度去调动大家的积极性，而是靠人，靠这些所谓的骨干教师。校长和领导层很信任很依赖他们，有时甚至要看他们的"脸色"，久而久之，让他们养成了一种强烈的"舍我其谁"的优越感。现在新班子来了，要改革，要用新理念和新方法改变学校，他们就认为是在否定他们，考核他们，还要指挥他们，他们打心眼里不服气。

二是不信任。这部分人认为木里中学过去也不乏制度，但这些制度从来都未曾落到实处，执行不下去；或者是根据自己的意愿和喜好，根据个人的利益所需，选择性执行。对制度的执行也缺乏有力的监督和评价机制，严格遵守的人得不到褒奖，违反的人也从没有受到过惩戒。他们就认为你们现在又要订一系列的制度，提出新的要求，最终也同样会落到这种下场。所以他们看不到希望，不相信改革会给木里中学带来变化。

三是不习惯。这类人在长期无制度无管理的环境之下懒散轻松惯了，出工不出力，应付了事。如今要改革，要建立制度，逗硬管理，让他们感到不舒服不情愿。

四是既得利益受损。这部分人在过去那种管理模式和制度体系下，是体制的受益者。改革要建立新体系，让这些既得利益者有可能受损，所以他们站在自己利益的角度，也会反对改革。

几种情形之下，最初的局面是，改革几乎无人理解也无人接受。

没有人可用。没有人愿意站出来，支持眼前的工作。最终，青年教师李树海成为唯一争取的对象。

李树海是木里人，与胡启华一样，生长在大山深处。从木里中学毕业后，考上了川师大，是木里中学难得的自己培养的人才。可大学毕业回到木里，被分配去了乡镇中学。李树海一气之下，去了广州一家私立学校。胡启华担任教育局长后，把他请了回来。

胡启华说，像这种"永久牌人才"，应该优先引进回来。

李树海回来之后被安排到木里中学任教。

黄河找到李树海时，李树海感到十分意外：我啥都不懂，你想叫我干啥？

黄河说，谁都不是娘胎里生下来就懂，都是学着干。我这个校长也是一样。

李树海很实诚：黄校长你们这么看得起我，我就接过来，干得来干不来，再说。

办公室主任的主要工作是协调和处理各种事务，日常的，突发的。时常被推至风口浪尖。李树海年轻，缺乏这方面的工作经验。加之周遭的消极情绪弥漫，冷眼旁观者众多。李树海的工作处处受阻，很快生出了退缩的念头。当他找到黄河，提出辞职时，黄河已经无言以对。长久的沉默中，李树海改变了主意，表示尽管不想干了，但还是会硬着头皮干下去，直到黄河有了新的人选。

如今，李树海已成长为一名得力的办公室主任。

3. "另类"支持者

除李树海之外，虽然还有几位改革的支持者，却都是有"争议"的人。

先说扎西旦珠。

当年的扎西旦珠，一看就不像"正经人"：戴耳环，挂佛珠，说话粗喉咙大嗓门，脖子上青筋直冒。但这只是表面上的扎西旦珠，内心里，扎西旦珠敏感细腻，颇有正义感。他从康定师范学校毕业，回到木里中学教体育，上体育课的操场，就属于他的管辖之地，也是学生们打架斗殴的首选场所。每遇学生打架，扎西旦珠都会站出来，加以制止。久而久之，在学生们的眼中，他成了最有"钢火"的老师。久而久之，扎西旦珠也有意强调自己有"钢火"的一面，成为众人中的"异类"，"操社会的"。

徐校长任上，敢于担责的人极少，徐校长用其"钢火"，让他担任政教处副主任。可是当不当主任在扎西旦珠看来都一样，任性而为，无所顾忌，用扎西旦珠自己的话说：社会上，黑白两道都熟。

黄河与扎西旦珠走近不因为人，而因为车。

那时候，木里中学还没有公车，每逢出差，黄河都要为用车发愁。而那时候，出差的频率又特别高，光是高三，每年的几次诊断考试，需要去西昌或攀枝花取卷子，考完之后，又要将卷子送回去改卷。来来去去，一诊二诊三诊，每诊两趟，每年光为试卷，就需要跑六趟以上。

木里山高路远，每一次出门，都不是一件容易事。

而那时候，扎西旦珠恰好有一辆越野车。

有一次，黄河又要外出时，向扎西旦珠开口：能不能用下你的车？

黄河用的是试探的语气。那时候，黄河对事情没把握，尤其是对人，又尤其是对学校的教师。

他没想到的是，扎西旦珠爽快地答应了。

事后黄河说，其实，他之所以开口，还是在心里有所判断，觉得扎西旦珠不像是人们所说的那样——不是那样的人。

那是去攀枝花取试卷。一路上，扎西旦珠尽管周到，但也仅限于开车。别的一概保持沉默。

黄河问他，我们学校现在缺些啥，难点在哪儿？

扎西旦珠只嗯嗯，不说话，不做正面回答。

后来，扎西旦珠说，他们共同经历了一场生死：有一辆车在路上掉头，扎西旦珠转过弯去才突然发现，猛踩刹车，车在原地打转，掉头180度，掉去了回木里的方向。

那之后，扎西旦珠说，他觉得跟黄校长还是有话可说了。

那之后，扎西旦珠想，人要多做好事，就不用到庙里烧香。

后来的扎西旦珠一直是木里中学改革坚定的支持者。后来的扎西旦珠，常说一句很实诚的话：人家黄河是外地人哦，都那么拼命干，我们是木里人，能看得过去？

2014年底，扎西旦珠被任命为木里中学总务处主任，负责后勤和食堂管理。尤其是食堂管理，以前的学校食堂一直是承包出去的，在刘凯的督促下，提前收了回来。刘凯说，食堂是良心活。学校管理，一是治安要搞好，没有危险；二是要把饭吃好，娃娃们都是长身体的时候——你就是工作没干好，也要把这两件事干好。

扎西旦珠说，管食堂的话，责任太大了。直到现在，他都有心理障碍，半夜三更，一听到电话响，心就发抖。他老婆就问：你心慌啥，心里有鬼呀？扎西的回答也厉害：那我们两个换，你去当我这个角色，我来当家庭主妇。

至今，扎西旦珠仍然是总务处主任，而学校食堂的饭菜，受到师生们的一致肯定。

另一位有争议者，名叫曾泉。

曾泉是汉族，"支二代"，在木里县城长大。在县城里也有个响亮的外号："棒客"（四川话，到处惹是生非舞刀弄棒的意思）。挣下这个外号，是因为曾泉脾气躁，性子急，三句话不对胃口，就容易吹胡子瞪眼睛。但这样的人未必轻易招惹是非，反倒是能力强，人仗义。2010年曾泉担任政教处副主任时，曾建议制定学校管理制度，未获支持；又曾拟定校警管理制度，仍以不自由为名，被否定。

2010年秋季学期，曾泉以政教处副主任职务，到攀枝花七中挂职学习，在德育、教务、总务、寝室等处各学习了一个月，写了五篇不同部门的管理论文，回到学校，很想将学习所得用于实践。

2011年1月，曾泉回到木里中学。时任校长徐华贤问他：你想管啥？他答：管宿舍。

为什么去管宿舍？曾泉说：当时的宿舍管理，相当混乱。全校有23人管宿舍。管成啥样子了？刚到一楼门口就有味道，各种怪味，走廊上的地板都粘脚。

曾泉管理宿舍后，建立了各种规章制度，把宿舍管好了。但因为脾气不好，得罪了不少人。

胡启华和黄河接手木里中学后，管卫生的女教师辞职，公共区域卫生无人管理，黄河找到曾泉，希望他代管，曾泉欣然接手。

2014年，曾泉从政教处副主任提拔为德育处主任。2016年，曾泉被提拔为副校长至今。

扎西旦珠和曾泉被提拔时，曾引起不少争议。大家的共同看法是，此二人德性差，影响恶劣，不堪重用。如果重用了，迟早会惹出大麻烦。有人甚至还联名写信，要求弹劾扎西旦珠和曾泉。但被胡启华和黄河顶住了。

当时的这个改革，非常吃力，见不到光明，大家都选择逃避、刁难、撂挑子的时候，是他们选择了和学校站在一起。我们没有可能拒绝这种支持。黄河事后说。

后来的事实证明，扎西旦珠和曾泉，是木里中学改革坚定的支持者和践行者，也是木里中学管理团队的中坚力量。

还有一位女教师，央娜，也是同样的情形。央娜是藏族人，初中部的英语教师。改革之前，懒散、拖拉，迟到、早退和旷课成为常态。学校改革后，管理加强了，严格按制度行事。央娜调整了态度，"脱胎换骨"：不光教学工作认真负责，对学校公共事务也热心参与，如今已成为初中部的年级主任。

为什么都是这些"另类"在支持改革？这是很值得深思的一个问题。然而相比之下，这些另类者的支持，是真诚的，也是微弱的，大面积的对抗和抵触才是现实，构成了一道厚厚的墙。尤其是办公室主任的几次易人，让黄河深感举步维艰，竟生出求告无门之感，郁闷至极。黄河在心里暗暗叫道：都说徐校长能力差，可人家徐校长总算还是运作起走了，而我来了，这个拆台，那个不干，何时是个尽头啊？

4.拿"民族"说事

学校的保安是由县保安公司派驻，学校每年与保安公司签订合同，付给费用。因为不是学校的人，长期以来，保安队伍便理所当然不受学校管理。管理一旦缺失，保安们在岗位上为所欲为的现象成为常态：上班时间抽烟、喝酒、睡觉、擅离职守……更为奇怪的是，当有学生打架斗殴，被带到保安室时，保安开口就问：你是啥民族？

原来保安的问法，是从学校领导王元贵那里学来的。王元贵是彝族，用黄河的话说，他人不坏，但工作方法简单粗暴。遇上学生打架，被带到王元贵面前，王元贵先问民族，如果一个是彝族，一个是藏族，王元贵走上前去，二话不说，先打藏族学生几巴掌。

后果可想而知。曾经有藏族学生因为不服气，表达抗议，去操场上静坐。也有学生家长找上门来，又吵又闹，声称是学校在搞民族歧视，要求赔偿医药费、营养费、精神损失费、误工费……

学校被搅得鸡犬不宁，吵闹、赔款、道歉……尊严尽失。曾经的徐校长，常常被这类事件弄得焦头烂额。

可奇怪的是，大家非但未能从中得出教训，加以修正，反倒被传染一般，纷纷使用起这种"招数"来。好长一段时间，班子里讲民族，教师之间讲民族，学生中讲民族……拿"民族"说事，很快成了一种通病，一根人人手中挥舞的棍棒。

新班子上任后，这种风气有增无减。

以前的教师工作量，无所谓考核，吃大锅饭，人人都上十四节课，主科副科同一个标准。造成的后果是，副科超时，主科课时不足，无法体现多劳多得，久而久之，谁也不愿意多付出。新班子上任后，制定了一套课时量化标准，各类学科分别对待，核定课时，细化工作量。制度出台后，教藏语和彝语的老师有了不同意见，要求与教语文的老师同等对待，并发短信给黄河，说他搞民族歧视，是歧视少数民族语言学科，向他讨要说法。

黄河谨慎考量之后，回复了几点意见：一、此次学科课时核定不是我一个人说了算，是经过学校反复核算后商定的；二、此次核定课时不针对任何学科和个人，仅是以各学科特点和工作量的大小作为标准；三、如果学校不这样公开、公平地核定课时，照以前的模式干下去，会极大地挫伤语数外等工作量大的学科教师的积极性，导致教师消极工作，极不利于学校发展，更不利于学生的成长和学习，希望你们以大局为重，积极配合支持；四、如果你们认为不合理、不公平，要想更改，除非你们能提出一个更为合理，且让大家接受的方案，否则只能按既订的方案执行。

　　黄河的回复有理有据，严谨诚恳。可藏、彝文老师不依不饶：其他教语文的老师都是十四节课就达到了工作量，为什么我们教藏语和彝语的老师要区别对待，你这不是歧视是什么？

　　黄河强硬起来：这不是一回事。这是工作量的问题，跟民族没关系，跟民族歧视更扯不上边。如果你们硬要拿民族问题说事，没用的，行不通，除非我不当这个校长。

　　考核按制度执行。可老师们的不满情绪积攒下来。

　　另一个事件，几乎闹得不可开交。

　　一位藏族老师因为生病，需要贷款，银行要求在贷款人的扣款承诺书上加盖公章，否则不予放款。藏族老师找到黄河，要求学校盖章。黄河查阅了相关法规，回复藏族老师：老师的情况值得同情，但按照规定，公立学校不能为他人的贷款提供担保，否则就是违法。这原本是银行方面制定政策的问题，跟学校的管理扯不上任何瓜葛，更无关民族问题，可藏族老师却说黄河是故意设卡，搞民族歧视，并声言要去正在召开的人代会上让代表们评理，讨要说法。

　　事情闹到了胡启华跟前，由胡启华出面反复解释安抚，才得以平息。

　　至此，拿"民族"说事已经成为一种"病毒"，一种空气中的"雾霾"，所到之处，都是吵闹，都是矛盾和不平。

　　老师请假不同意，上课时违规抽烟、私自调课被处罚等，都拿"民族"说事。

胡启华和黄河意识到，再这样下去，再不想出对策，学校将被矛盾和纠葛包围，所有的制度和规则将在这种"招法"面前，被肢解得七零八落，面目全非。

两人冥思苦想，最终拿出了一套理论：不讲民族，学校里只有师生关系、同事关系、同学关系——在所有的事情面前，就事论事，按制度办。如果有人拿民族问题说事，老师评优晋级、职称评定，一票否决。学生则劝退或者开除。

态度一旦强硬，拿"民族"说事的人渐渐少了。一段时间过后，风气明显好转。各民族反倒和谐起来。

大家都是人，彼此要平等尊重，把对方当人看待——真正的民族和谐是忘了这个问题——大家都是中华民族。

没有民族观就是最佳的民族观。这是黄河的切身感慨。

5. 失败在即

好长一段时间，胡启华和黄河的二十四小时是这样分布的：

早上六点半钟到校，晚上十一点左右晚自习下课后离开学校。离开学校后，胡启华和黄河会在学校下端的公路上来回走一阵，把白天遇到的各种事务再梳理一遍，讨论一番。其实大多数时候，在学校时，好多的事情都已经讨论过了，也形成了一致意见。一般说来，常规的事务，胡启华有意都让黄河独自出面，独自处理。遇上棘手的，或者拿不准的，两人再商量解决。尽管如此，自兼任校长以来，胡启华把县教育局的主要工作都委托给了分管副局长，他自己的主要精力和绝大部分时间都放在学校，除非有要紧事，从不离开学校。

他督守在学校，既是职责所在也是为了给黄河"撑腰"，让他感觉有陪伴，有依靠。

然而黄河的状态却越来越差，越来越令人担忧。

尤其是到了深夜，离开了学校，黄河的脆弱一览无余。

深夜在公路上走，便成为黄河缓解焦虑的唯一办法。

夜更深了，该分手了。黄河说，他要把胡启华送到家。

木里县城极小，用胡启华的司机小海的话说，就是两条小街，十分钟走完。

小海的话有些夸张了。但木里县城确实很小，只有两条主街，且不是交叉，也不是平行排列，而是一上一下，从这条街到达另一条，需得爬坡下坎，走到海拔更高或者更低处。但木里县城也和其他任何一座深山小城一样，房子在增加，地盘在扩大，只是因为地势所限，没法形成宽阔的大马路，曲里拐弯的街巷便四处蔓延，忽上忽下。人在街上走，喘气是必需的。车在街上走，则像表演车技一般，每一个弯道都是惊险。在木里县城时，我曾坐在小海的车上对他说，在木里，好多的驾照都只有作废，比如我，根本就等于不会开车。

然而，木里县城的美是不容置疑的。天蓝得失去了词汇。任何美妙的词汇对准她时，都觉得不妥，都不准确。那种蓝，没有一丝杂色，没有任何干扰。是空无一物，只有蓝本身。木里人就有了说法：这种天，蓝得人心慌，蓝得人烦……我知道他们在说什么。任何太纯粹的事物都给人压力，让人窒息。他们希望能看见点别的，来点变化，然而，那种骨子里的骄傲一目了然。

那是一种奢侈，纯粹的，不含杂质。

有云的时候，又是另外一番景象。那时候，天空变成了舞台，蓝是底色，云朵就是舞者。当然不只是白的云。紫

的灰的红的黑的黄的褐的橙的绿的……比调色板还丰富。再
伟大的画家也画不出那样的效果。它们在蓝天里旁若无人，
为所欲为，把人世间的一切事物都模仿一遍：大狗小猫大树
小草宫殿楼宇高山大海……再幻化、变形，抽象成另一种事
物——那就是云。有一个夜晚，木里县举行歌咏比赛，在
县城唯一的广场上，天上是云朵的盛会，舞台的背景上画着
云朵，姑娘小伙们是地上的云朵，歌声飞起来，在云朵间穿
梭，天上地上，汇成云的海洋。

那条静静的木里河，就在山脚下，目力可及，每一扇窗
户打开时都可以看见，又隔着相当的距离。那河就有了一种
矜持，高贵而难以接近。透着冷艳的光，又蓄满激情。仿佛
深闺里的一位少女。

胡启华的家就在县城边上，那条河的拐弯处。

到家了，然而黄河并不走，跟着胡启华进屋去。

客厅里有个火塘。火塘边就有了两个男人。

好多次，胡启华的妻子披衣起来，看着火塘边的两个男
人：你们两个在说啥子，还不睡，还在说？

没有人回答。也不用回答。

更多的时候，是黄河说，胡启华听。

其实好多话，都已经说过了。不止一遍，两遍三遍N遍。
说的人知道，听的人也知道。但谁都不去点破。继续说。说
话本身就是目的，也是借口。说着说着，时间就溜走了，天
就要亮了。

整整一个学期过去了，仅仅守住了一个校门，而且谁都能看出来，那是用死守的办法。除却校风有所好转，别的根本无从谈起。教学方面，至今丝毫没有涉及，也根本不敢触碰。即使这样，眼下的现实，仍是一波未平，一波又起。这边按下去，那边又冒出来。

四处救火。疲于奔命。没有功劳也有苦劳。可是，苦劳在哪儿？到处都是阻隔，到处都是对抗，到处都是推诿和拖拉……动不动就辞职，动不动就撂挑子，感觉哪一颗螺丝松动了，天都要塌下来。天真塌了，只有他俩去顶，可他俩已经顶不住了。

这改革的船，究竟还能不能撑下去？

夜色中，火塘前，胡启华的心里也一样，也蓄满了忧愤与焦虑。唯一不同的是，胡启华因为性格沉稳，管理经验丰富，表面看去还能稳住，而黄河面对长时间的重压，已到了崩溃的边缘。

鸡叫了，黄河起身往家走。黎明前，万籁俱寂。脚踏在路上，整个县城都在抖。

躺去床上，辗转反侧。妻子醒了，扭过身体，看着他：干脆，你辞职算了，干不起就不要干了，你去找张书记辞职，行不？妻子的声音高起来，你这个样子，这么长时间了，再这样下去，肯定扛不住，也严重影响到我休息。

我都在承受你的"二手压力"。这是妻子留给黄河印象最深的一句话。

刘凯校长的电话仍然在打来。每天四个，从不间断。早上中午傍晚深夜。

早上：你昨晚睡得怎么样，好些了吧？今天主要有些啥事？那个问题，应该怎么解决……

中午：上午的情况怎么样？

下午：事情解决了吗？该怎么处理……

晚上：晚上的会开得怎样，教研活动要怎样搞……你一定要休息好，保持状态……

黄河应着，也汇报。只是，话越来越少。

后来，黄河的整个身体都出现了反应：颈椎痛、腰椎痛、失眠、盗汗……每天中午，他得去理疗室躺一个小时，否则的话，根本就无法站起来。

退缩的念头冒了出来：不干了。

要退的话，不是给县委政府写个申请，提出辞职，不是不当这个校长了，而是要退得干干净净，连工作也不要了。

黄河的意思是，他想一走了之，像当初来时一样。

那个周末，黄河与县委和政府办的两位主任相聚，两位主任都曾是他的领导，见了面，难免问长问短。黄河面对两位故友，千言万语，愁肠百转，几杯酒下去，早已经泪流满面：再这样下去，我肯定不是跑的问题，而是去跳楼……

后来黄河确实跑了。他去给学校财务交代工作，就为一点小事，账务不耐烦，顶撞他道：你没看到我在忙吗？你有本事得很，你来做嘛。说着还拍起了桌子。

黄河跳起来：你不想做就搁下！

财务也跳起来，冲上去就要动手。黄河接住对方的手，反转用力，把财务甩翻在地，财务爬起来，将花盆砸向黄河。

当时的胡启华正在三桷桠下乡，得到消息，派人赶到现场时，黄河已不见人影。

极快地，刘凯的电话打到了胡启华的手机上：黄河都快要疯掉了，他在前面使劲，你在干啥，你还不快去帮他使劲？

刘凯的电话又打到了黄河的手机上：你在哪里？

黄河说：我已不在木里。

那你在哪儿？

我在西昌，报了名，来考驾照。

刘凯在电话里暴跳如雷：高三的娃儿们都在学校，马上就要高考了，你竟敢跑去那么远的地方，去考驾照？还不赶快给我回去，把那所学校给我守住！

黄河闷声往回走。

再接到刘凯的电话时，电话里，刘凯的语气平和多了，平和而温存：你好好守住，不要多想。马上就是7月份了，放了假，我就进来，我带专家来，我把我们学校九大学科的专家都带来。我来听他们的课，我来看看他们究竟要干什么，再把情况向县上汇报。

半晌，刘凯又以沉吟的语气说道：必须要县委和县政府出面了，否则的话，只有失败。而失败的话，那就等于是邪恶战胜了正义，木里中学将永无翻身之日。

第四章　转机出现

1. 专家上门

事实上，此前有一个阵容强大的专家团队已经先期到过木里，这就是来自四川省教育界最权威的机构——四川省教科院的专家团队，九大学科专家，整体出动。

那是2013年暑假，四川省人事厅委托省教科院举办了一个"藏区骨干教师培训班"，地点就设在棠湖中学。说是藏区，木里却隶属凉山彝族自治州，不在培训范围之内，名额仅限于阿坝和甘孜两地。棠湖中学校长刘凯得到消息后，跑去省教科院，找到时任高中教研室主任、现任副院长的董洪丹，硬要了两个名额，让胡启华和黄河破例参加。

多年来，刘凯执掌的棠湖中学敢为天下先，在教学教研等多方面改革创新，得到了省教科院的鼎力支持和高度赞赏。工作中，一来二去，刘凯与省教科院的专家们大多成了朋友。

培训班结业时，刘凯又带着胡启华和黄河去到众专家跟前，一一敬酒，向他们说起木里，说"那里的教育恼火得很"，希望专家们多多关注支持。省教科院专家们表示认同，并对来自木里的两位学员印象深刻。

从头到尾，他俩全程听课，非常认真，比那些正式的学员还认真。董洪丹说。

11月中旬，彝族年前夕，在刘凯的请求下，省教科院首次派出了何兴明、吴中林、段增勇、张白峡四位专家前往木里。四位专家回来之后，向省教科院领导层做了汇报。

当时我们就想，省教科院是四川省教育厅下属的教育科研机构，本来就有责任要完成省委省政府要求的对民族地区教育的帮扶任务。我们代表政府，是政府的延伸力量。另外一点，我们当时还有个想法，能不能找一个位置偏僻、教育落后地方，做一个"样板间"，搞一个实验基地，以解剖麻雀的方式，通过实践和探索，总结经验，进行推广，破解民族地区教育落后的难题。当然，很重要的一点，还是因为刘凯，被刘凯的情怀所打动。没有他，我们也未必要去那么远的地方。时任省教科院高中教研室主任、现任副院长董洪丹说。

但考虑到路程那么远，究竟适不适合到那里去做一个"样板间"，我们也没有把握，所以第一次，就派了四位男教员去，先去考察一下，看看情况。

四位专家回来之后，说到那边的情况，感触之深难以言表。

首先是他们的真诚，他们想要改变教育落后现状的强烈愿望。

四位专家在刘凯的陪同之下到达木里。那是木里有史以来迎接的最高级别的专家团队。四大班子领导都出面了，由县政法委书记甘正友设家宴款待。人多在这里不代表热闹，而是代表隆重和渴求。与每一位干部接触时，专家们都能够感受到他们的渴望，他们因渴望生出的焦虑和忧伤。语文教研员段增勇说到自己的印象：我们去后，他们的校长胡启华跟我们说，我们啥都不懂，不晓得咋个整！说得很坦诚，很真诚。他们那边的人都是那么质朴、淳厚、干净……他们把渴求，把焦虑传达给我们，我们不可能无动于衷。

一方面是强烈的想要改变现状的渴求，另一方面，却是令人震惊的落后与疏离。专家们进入木里中学，听课评课，举办讲座，分学科与教师们交流，了解到的状况让专家们暗自惊讶不已。

根本就不在一个平台上，时任省教科院培训中心主任、生物学教研员何兴明说，我们带进去的那些理念，要以学生为中心，要关注学生的生命成长，看他们反应，根本不晓得，一脸的茫然。他们的脑子里，就是传统的那一套，满堂灌，老师一个人讲到底，学生听没听懂根本不重要。

数学教研员吴中林说，与老师们交流之后，他们一方面没信心，另一方面，对新的教改要求，新的理念和方向，既不晓得，也无法执行。

语文教研员段增勇也说到当时的情形：第一次去木里时，听他们讲课，确实听不得。

何兴明说：当时我就在心里想，天哪，这么一所学校，弄得出来啊？当时，我还有一种感受，如果是我们自己的娃儿，再聪明，放到这样的学校，都会被耽误。因为他所接受的东西，没能对他有应有的启发。天天关在一个狭小的空间，好比关在一个容器里，怎么能体现生命成长？灵气都磨光了。而教育的本质，是要充分释放孩子的天性。

当时的那种情况，负作用大于正效益，娃儿被那样关着，会很亏很亏。老半天，何兴明还在感叹。

但正因为此，我们才决定要去。董洪丹说，因为他们需要，太需要了。当时的那种情况，有各方面的原因，但教育之事，它的核心问题，还是教师，真正能改善当地教育的本质和核心力量，是教师的水平。所以我们应该去，也值得去。

为此，四川省教科院做出决定，从2014年起，每年的春天，派出全部阵营，九大学科专家，到木里中学帮扶指导。

为什么选在春天？

董洪丹说，有两个原因：

一是春节后上班，把工作梳理一下，赶快去。省教科院负责全省的教学研究和指导工作，全年的事情繁多，重要的事情首先干。二是每年的春天，四五月份进去，正好可以指导当年的高三。

作为木里教育者的代表，时任教育局长、木里中学校长胡启华深知其中的不易，他曾算过一笔账：

四川全省有730多所高中，就算省教科院的专家们什么事情也不做，光是指导每所高中，每天到一所学校，也要两年多时间才能轮得上一回。

2014年春天，省教科院九大学科专家，整体踏上了前往木里的路程。

他们是：英语教研员董洪丹，数学教研员吴中林，生物教研员何兴明，语文教研员段增勇，化学教研员马红艳，物理教研员宋怀彬，地理教研员张白峡，历史教研员陈静亦，政治教研员卢志。

路途的艰难自不必说。胡启华回忆当时的状况：省教科院的专家们来木里时，正是西昌到木里修路的时间，路况非常差，路途非常艰难。有时在路上要走十几个小时。

沿途颠簸，车轮在悬崖上晃。路上遇到车祸，有两辆车冲下崖去，重叠在一起。专家们回忆着当时的情景。最典型的是，专家们乘坐一辆中巴车，历史教研员陈静亦坐在后排，十几个小时后，从车上下来，她的手机上显示，走了一万多步。

但路途的艰辛，阻止不了专家们对木里的支持。

到达木里后，专家们又有了不同程度的高原反应。

木里中学老校区在一个半山坡上，海拔大约2600米。初到木里的专家们，旅途劳顿之后，第二天，又从早到晚，紧张地工作。

讲完课下来，四肢发软。到吃晚饭的地方，全都瘫在沙发上，已经没有力气吃饭。但大家都坚持了下来，第二天，又是一样，从早到晚，连轴转。数学教研员吴中林说。

专家团队中有两名女教研员，马红艳和陈静亦。马红艳当年44岁，在团队里尚属年轻，说到当时的高反，马红艳记忆犹新：学校在半山坡，上课的教室在五楼，那个时候人才明显地感受到高度的存在。上楼梯时，每往上爬一步，都有感觉，都难受。气接不上来，缺氧，人像要窒息一般。

陈静亦当时51岁，早年患有颈椎病，严重时需要戴着颈托。治愈后，常有不适反应。到达木里后，陈静亦感觉头痛得厉害，以为第二天根本无法工作。第二天，她强撑着去到学校，进了教室，顿时忘记了病痛和不适。

她说，看到教室，就像竞技选手看到赛场，其他的一切都忘了。

但陈静亦还是有些担心。教室在四楼，爬楼前，陈静亦说：不要安在那么高的地方嘛，还是有点怕……到了教室，人站不住，气接不上来，只好搬一张椅子，坐下来讲。

而男教员中间，刚去时，拉肚子或者头痛是常事。

省教科院的专家们，整个的行程为一周，路上来回两天，在木里中学紧张地工作三天：听课、评课、交流、上示范课，就高考的难点、方向、技巧、方法……做全面指导。

几天工作下来，九大专家得出的印象，与上一次几乎一致：教师们的情绪低落，有的甚至有些抵触；传统的教学办法，一讲到底，难以接受新东西；对新教改和高考的方向全无认知也全无把握。

瘤疾之深，积重难返。专家们深知这个道理。专家们也深知，改变起来需要一个过程。离去时，他们依然有信心，并承诺：明年的春天，我们再来。

只是，木里中学这边，情形刻不容缓，改革眼看就要走到失败的地步。刘凯这边心急如焚，决定前往木里。这一次，他已经想好，他要面见领导说明情况，同时还要带上另一支专家队伍——棠湖中学的九大学科专家。

2. 甘书记家宴

刘凯要带去的九大学科专家，都是棠湖中学的现任教师。因此，真要前往，并不简单。

那是2014年夏天，从国家层面实施的精准扶贫计划已经启动。按照成都市的统一布局，双流区的对口援建地不是木里，而是阿坝州巴塘县。这之前，尽管刘凯对木里的教育操心不已，却仅是他的个人行为。而这一次，他要把棠湖中学的九大学科专家带去木里，则成为一次牵涉面极广的整体行动。

木里地方偏远，路途遥远，怎么能以非工作的方式，让这么多的专家一同前往？

暑假临近。放假前夕，一个特殊的会议在棠湖中学举行。到会的，都是棠湖中学各学科备课组长、骨干教师。

刘凯在会上诚恳地说道：

> 各位老师，今天请大家来，我不是以官方的名义，也不是以工作的名义，而是以我个人，以一个木里人的身份，恳请大家，帮帮木里中学，帮帮木里的教育事业。而且，这种帮助，第一，没有费用，没有任何报酬；第二，我还要恳请你们，把你们最宝贵的经验传给他们……

棠湖中学英语教研组长李鹏是那天到会的人员之一。说到那天的感受：我当时确实被感动了，情怀这个词，我们平常听得多，说得也不少，但能真切感受到，受到它的感染，还是不多。校长对木里的感情那么深刻，那是一种挚爱，一种情怀。这世上，真正美好的东西，是很能够打动人的。

而去了之后，我们又被另一种情怀感动了，那就是，木里人想要改变教育现状的强烈愿望。

棠湖中学语文备课组长贺晓珍，说到同样的感受：之前就听人说起过，说棠湖中学这么大一摊子事情，还去揽一堆事情来做。但会上，我是被校长的情怀打动了，当时就抱着个心态，去吧，去偏远的地方，落后的地方看看，去体验一下，就去了。去的途中，感到很震惊。我一生走过的最艰难的路，就是木里的路。天不亮就出发，陆路、水路都走了。

快艇、货车、越野、拖拉机……都坐了。而且越往里面走，海拔越高，高原反应也来了，头疼，耳鸣，像生了大病。去的路上，我就在心里发誓，以后再不去木里了。可是去了之后，又被他们的真诚感动了。木里人的真诚，那真是特别不一样的感觉，让人很不安，让你觉得非要帮他们不可，否则心里受不了。

贺晓珍说到两个细节。

第一次去时，到木里已经八点多钟。他们这边的人来接，见了面，就把包提过去了。也不多说。我们还以为是打杂的。到了就开会，布置工作。我看见他们就在旁边听，在记，没以为是领导。后来吃饭时才听说，一个是局长，一个是校长。

后来的几天也一样，白天他们陪到听课，参加各种教研会，晚上坐下来总结、交流，全程参与，认真地做笔记。散会后，胡局长还对我说，我以后想多听听课，但不知道怎么听，怎么把握关键点，要我多指导。说得非常真诚，一点也没有客套的感觉，一听就能听出，他是发自内心这么说的。

后来贺晓珍又去了。她说木里已成为她的牵挂，成为亲情所在。说到胡启华把老师们请到家里去款待时，贺晓珍十分动情：

最高规格的接待，不是五星级，也不是山珍海味，而是木里人的款待。

它可能是一个淳朴简陋的民宅，吃烤土豆，家磨豆花，全家总动员，小到三岁娃儿，大到七八十岁的老人，倾其所有，能拿出来的都给了我们……我原本只是想去了解一下，看一看，后来就发展到不由自主想帮他们，所有的资料都传给他们。感觉不帮到他们不行，心里不安。

棠湖中学政治组备课组长张雪梅也有同感：太朴实了，木里人。每一次都一样，都那么真诚，朴实。教育落后的地方多的是，我也去过不少地方，像他们这样把自己放得很低，从心底里生出想学习，想改变的愿望，还是不多。

难怪我们的校长那么想帮他们，出来这么多年，木里情结还那么重，他们都是一样的人，一样的性格，一样的有情怀。

那次去木里，果真如刘凯所言，九大学科专家都去了，由棠湖中学教学教研牵头人、学导处主任朱元根担任领队。

朱元根是个工作狂，也是典型的学术型专家。工作之余的大多数时间，他都在钻研教育教学的新理念和新方法。他评价自己说是个没有业余爱好的人，没有工作和业余之分，上班下班都一样，只有一种爱好：思考问题。因此棠湖中学的许多新理念新思路，比如领先全国的"选课走班"制改革，就是在他的思考和设计之下，率先实施。

去往木里之前，朱元根做了充分的准备。到达当晚，马上召开准备会，分解任务，落实责任，强调细节。

第二天，九大学科专家分头深入高三课堂，听课讲课，与师生们交流，再汇总情况，形成总体意见。

专家们在汇总情况时，有一个敦敦实实的人坐在一旁，倾听大家的意见。后来才得知，那是县委书记张振国。他是专程赶来看望和陪同专家们的。这一届木里县委政府，书记和县长是两种风格，一个沉稳内敛，一个雷厉风行，却是一致地重视教育，并将"重视"二字落到实处，变成政策和措施，变成具体的人、财、物……那天看望专家们后，离去时，张振国说：我是要人给人，要钱给钱，要政策给政策……这下子就看你们的了，总不能叫我来当校长嘛。

话是对着黄河说的。说得实在，也说得含蓄，但显然是有所指：开弓已没有回头箭。事到如今，你不可以半途退缩。

作为县委书记，张振国多管的是宏观，教育的具体实施属于政府职能。但毫无疑问，所有的重大决策，人、财、物的配备与协调，他是后盾。

细微之处，对于黄河的状态，他也心知肚明。

张振国是宁南人，从盐源县长任上调来木里任县委书记。而宁南的教育领先整个凉山州，甚至超过西昌。盐源的教育也远胜过木里。因此作为县委书记，他与县长伍松深有同感：木里的教育不搞上去，他是没办法向自己也向木里的14万人民交代。

而那天晚上，另一个特殊的晚宴，正在等着刘凯和专家们出席。

那是木里县政法委书记甘正友为刘凯和他的同事们特意备下的家宴。

甘正友与刘凯是老朋友，也对木里的教育十分上心。

半年前的那次口信，正是甘正友带回，转告胡启华的。每一次，只要刘凯回木里，甘正友都会备上酒菜，邀刘凯来家里小坐，饮上几杯。随着刘凯对木里教育操心的力度加大，甘书记的家宴规模也在扩大。几个月前，省教科院的四位专家来木里时，也是甘正友设的家宴款待。

这一次也不例外。得知刘凯要回木里，甘正友的电话打过去了。

老规矩，你来了，到家里来喝两杯。

人多哦，这一次，要带些老师来。

然后就聊到这次来的目的。这一次，刘凯带九大学科专家，专程而来。为什么？因为木里中学新班子上任之后，困难重重阻力重重，改革眼看难以为继，好不容易物色到的校长人选，已经扛不住，已生出退缩之意。

所以，他这次来，带了专家们来，既来听他们的课，也来帮他们找问题，出主意。

必须想办法解决问题了。白天，县委书记张振国来了学校，已经了解了情况。他还要面见县长伍松，向县长当面汇报：必须要县委县政府出面，给予强力支持，否则的话，改革肯定会失败。

甘书记是藏族，在木里工作几十年，对木里的教育状况很是了解。他当然明白问题的严重性。于是提议，就在这里吧，把伍松县长也请过来，大家一起聚，当面说。

那天晚上，甘书记的家宴上，不光伍松来了，还有前任县委书记、州人大副主任熊正林，县政协主席杨克祖等，他们都是刘凯的老朋友，也是木里教育改革坚定的支持者。胡启华和黄河也到了现场，既做陪客，又兼做接待员。既是家宴，大家都很放松，交流的形式不拘一格。大家先在客厅聊，又去饭桌上继续聊，话题只有一个，木里的教育，木里中学的改革何去何从？

　　伍松是明白人，对教育的认知很深，对木里中学的状况也了解不少。他说教育是个系统工程，需要调动全社会的资源来参与。而有能力调动这些社会资源的，只有书记、县长。因此县委县政府支持教育，政府一把手抓教育，责无旁贷。

　　确实如此。2012年，木里县新一届领导班子上任之后，一系列的政策向教育倾斜：一是县财政拿出一亿多元资金，在距离县城3公里的地方，新征了土地，修建木里中学新校区，当时新校区工程已经竣工验收，正准备投入使用。二是自2013年起，县财政每年拿出五百万，奖励全县的优秀教师和先进教育工作者，这一项举措，极大地调动了教师们的工作积极性，在木里教育史上史无前例。三是在乡镇小学的基础设施上，加大投入力度。四是以突破政策的方式，盘活全县的教师编制，把全县的教师编制拉抻使用，以引进、招聘、特聘等方式，对空编教师大面积补缺。五是调动全社会的力量支持教育，协调电信、移动等部门，投入远程教育设施，与现代信息化教育同步。同时协调政法公安部门，维护校园周边环境。

伍松说，我当县长，把所有的资源调动起来，支持教育，就是最大的优势。

宏观上讲，以张振国、伍松为代表的新一届木里县委县政府，以大胆和突破的气势狠抓教育，确实取得了显著成效。然而，微观上，具体到学校内部，如何支持学校管理层排除阻力，推进改革，伍松确实想得不多。那天晚上，借助刘凯和棠湖中学专家们的眼光，伍松意识到了问题的严重性。木里教育的龙头就是木里中学，而木里中学的改革已经岌岌可危。如果改革失败，也就意味着整个木里的教育命运难料，之前的一切努力极有可能化为泡影。

饭局接近尾声时，黄河举杯，来到伍松面前，还没有开口，喉咙已有些哽咽。他说：伍县长，木里中学的情况，确实太难了，干部们不支持，教师们也很消极，干不起了……

伍松接过话题，用了轻松的口气，道：不难，不难就不用派你去了。

一旁的熊正林插话道：木里中学的工作，知识分子扎堆的地方，确实难干。

刹那间，黄河的眼里，盈满了泪水。

那晚还有一个颇有意味的场景。在甘书记家，因为心情复杂，刘凯多喝了几杯。饭局散去，胡启华和黄河一人一边，护送刘凯回酒店。到了酒店大厅，立在电梯门前等电梯时，刘凯挣脱两人的手，往后退着，又叫他俩站好了，以立正的姿势。两人端端站好，准备挨训。谁知刘凯不出声，出的是手。刘凯两手同出，一前一后，推一把胡启华，再搡一把黄河，手掌之中还带着劲道，带着打巴掌的力度。

刘凯说：这样，就是这样，对待反对改革的人，不管是老师还是学生，你们就要这样收拾他们，他们敢做什么嘛，知道不，收拾得来不？我教你们。前怕虎后怕狼的，啥事也没干成，还想打退堂鼓……

刘凯说的是醉话，也是醉后的动作，然而酒后吐的往往才是真言。如果改革失败，他比谁都痛心。尽管木里中学与他无关。正因为无关，他才特别痛心。不求回报的爱是真爱，是挚爱。他爱木里，不讲理由。血液里骨子里，都是这块土地。这块土地上的山与水，人和事，都让他牵挂，让他

牵绊。千丝万缕千头万绪。扯不断理还乱。都是情。

端端站着的胡启华和黄河，早已经泪眼模糊。因为伤感，也因为感动。

3."遵义会议"

木里中学教师座谈会是头天晚上在甘书记家聚会时定下的。饭局过半时，话说得差不多了，情况已经明了，局势十分严峻，伍松用了举重若轻的口气，说：我去，我去给他们开会，跟他们对话，听听他们的意见，看看他们有些什么想法。

当时正值7月，学校已经放假，大部分教师外出休假去了，留校的已经不多。黄河赶紧打电话，安排第二天的会议：能通知的尽量通知，老中青都要有，尽量让大家都来参加。

那是木里中学有史以来第一次，县长来到学校，与教师们现场对话。会场设在木里中学初中部的一间教室里。到会的，有木里中学领导班子成员、老中青教师代表、棠湖中学专家等四十余人。

陪同伍松前来的，还有木里县政府常务副县长高晓、政府办主任邓洪明。

会场的桌椅摆成圆形，大家围桌而坐，以形成一种平等、轻松的氛围。然而，会场的气氛并不轻松。

会议的议程，先由木里中学常务副校长黄河代表新领导班子，就木里中学改革半年多来取得的成绩和存在的问题做了汇报，再由各分管副校长就分管的工作做出汇报，再请老中青教师代表发言，提出各自的意见和想法，最后由刘凯和伍松就教师们提出的意见进行对话。

在学校领导班子成员的汇报中，大家将问题主要集中在师资紧缺、教学压力大、安全措施及生源流失等方面。教师代表则将关注点集中在教师待遇、住房周转及身份落实等问题上。

青年教师代表赵建超（后被提为木里中学教导处主任），是2013年作为人才引进的教师，四川理工大学物理系毕业。他对学校自新班子上任以来加强管理、严把校门关、规范学生行为习惯等举措极为拥护，也对学校的教育教学秩序甚为不满。尤其是教师待遇，他说，在木里工作地方偏僻，距离遥远，而收入与他的那些在内地工作的同学相比差得太远，每次见到同学，说到收入，他都难以启齿。希望县委县政府能在改善待遇和住房条件上，有更多作为。

刘凯的讲话是座谈会上一个重要的亮点。作为棠湖中学的校长，他是权威，是专家；作为木里人，他对木里中学的现状感同身受。座谈会上，他首先亮出了自己作为木里中学校友的身份。他说：我是木里人，就出生在木里县医院，就在木里中学就读，初中和高中都在这里读书。然后他提出了一个大家的心里都在想着的问题：我为什么要到木里中学来，我是不是在没事找事？

刘凯的回答诚恳而响亮：我觉得木里中学需要改变，而且已到了非变不可的时候。接着他从三个方面分析了木里中学改革已经具备的条件：一是县委县政府重视，尤其重视木里中学的发展。新一届领导班子对木里教育的振兴不是停留在口头上，而是花了钱，出了力，给了政策。一项一项，都落到了实处，有事实摆在那里，有目共睹。二是通过与老师们的近距离接触，能够感受到老师们也有强烈的愿望改变现状。三是有棠湖中学和攀枝花各所中学，给木里中学的振兴提供智力上的支持。

围绕着改变的可能性，刘凯透彻地分析了木里中学的现状和造成这种现状的原因，并痛心地指出，多年来，因为没有培养出相应的人才，说到木里中学，到处都是一片叫骂声，很少有人说木里中学的好。而学校内部，领导们怪老师、怪中层、怪政府，老师们怪领导、怪学生、怪政府，可是怪来怪去，我认为，最应该怪的是我们自己。

接着刘凯以较大的篇幅和较长的时间，以棠湖中学的教学业绩和教师们的敬业精神作为对比，指出棠湖中学能走到今天，创造辉煌的秘诀就是：做事认真，精益求精，敢想敢干，敢于创新。提醒木里中学的教师们不要坐井观天，夜郎自大，要看到巨大的差距，珍惜岗位，踏踏实实把本职工作做好。刘凯强调，只有这样，这才是你们的尊严所在，也才是你们幸福的源泉。刘凯最后说：我是木里中学的学生，我想帮木里中学一把。在我们大家的共同努力下，只要木里中学从校长到每一个职员，都把自己的工作做好，都不讲条件，无怨无悔，木里中学怎么可能不改变呢，木里的教育怎么可能不振兴呢？

刘凯的讲话言辞诚恳，情真意切。讲话结束，会场上，久久不见动静。人们仿佛陷入了沉思，又仿佛被带入了一个共同的梦境。

片刻，热烈的掌声方才响起。

接下来，县长伍松出面讲话了。刚才，伍松专注地坐在那里，一字不落地听着，偶尔在笔记本上记几笔。伍松面黑，魁梧，即使面带微笑，也有种威严之气。那天他的表情温和亲切，眉宇间却又透出显见的严肃与冷峻。座谈会围成圆圈，尽管看不出主次，尽管这之前，他一直少有说话，但一眼可见，他是会场的核心。

此刻，会场安静，所有人的注意力都聚集在伍松身上。

伍松的声音从麦克风里传出来。

当领导20来年了，但我从来没有像今天这样，和广大教师座谈过，从这层意义上讲，作为领导，我应该检讨。到木里任县长两年多了，坦率地说，我对教育管得不少，但是管得浅，管得粗，就停留在拨款上，停留在基础设施建设上。这几年在基层教育上花了好几个亿，却没来与广大的教师进行更多的交流，没有深入到教师的思想中去……

伍松的讲话从检讨开始，对会议的内容做了回顾，并代表县委县政府，向刘凯和棠湖中学的专家们表达了敬意和谢意。随后急转直下，切入正题，明确亮出了县委县政府的态度：木里中学的改革，必须进行下去。

围绕着这个前提，伍松回顾了木里中学自建校以来的历史，曾经短暂的辉煌和漫长的停滞落后。指出长期以来木里中学的困境，都源于始终处于一种模糊的管理状态。而改革的关键，就是要从模糊管理回归到制度管理这个轨道上来。

怎么破解难题，回到制度管理的轨道上来？伍松说，这是摆在我们所有人面前的严峻问题。

伍松肯定了木里中学新班子上任以来，抓学风建设取得的成效。同时指出，这只是抓好改革的第一步，仅有这一步还远远不够，改革必须向深水区迈进。

怎么迈进？伍松说，我今天来，就是来跟大家交流、讨论这个问题：一是为你们树立信心，让你们看到木里教育的蓝图，让你们感受到县委县政府对教育支持的力度和决心。二是也让你们了解，这几年，木里县的教育投入一直都在增加。木里中学的新校区，投资一个多亿，已经建成，大家很快就要搬过去。2014年，县委县政府在教育上的投入，也比上年增加了1000多万元，具体解决了两件事：一是免除农村学生餐费的问题，现在农村学生在木里乡镇上读书是不需要交一分钱的，一日三餐免费，这是县财政拿出的钱；二是拿出500万元，作为教学质量奖励和优秀教育工作者的奖励资金。这是做出了很大的努力，甚至要冒一定的风险。但我们做了，我们还会进一步做好。

但是，伍松说，任何一项事业，要做好，都需要大家的共同努力。县委县政府做好自己的分内事，尽到责任。而你们呢？你们作为教师，尽到自己的职责没有，你们的本职工作是否做好了？毫不客气地说，我们现有的教师队伍是有问题的。

接着伍松以数据说话，并列举了两个著名的例子：一个老师要退休前，其他的老师向他表示祝贺，说的竟是，苦海无边，你终于要靠岸了。而他呢，他是怎么回答的？他说，还有一个学期才离得开这帮小浑蛋。而另一个例子，一个学生在谈他未来的梦想时，说，我最大的梦想，就是20年后，当我带着我的妻儿，开着我的奔驰从街上过时，看见前面的垃圾堆里有一个老太太在翻垃圾，是我高中的班主任。原本是最为美好最值得怀念的师生关系，在木里中学竟然形成了相互厌烦，不，是相互嫌弃，甚至是有些仇视的局面，这，究竟是谁的问题？在我看来，老师的责任更大……我们在教学过程中确实存在一些问题，我们还没有回到教书育人的这个高度上，还仅仅是把它当成一种谋生的手段。很好笑的是，去年你们学校新班子把德育教育纳入管理和考核中，居然反对的声音还不少。这说明长期以来，老师的思想导向有问题，所以才造成了今天的这种局面。

伍松说，刚才有位老师提得很好，你说你在木里中学的待遇补贴与外面相比说起都不好意思，我也很理解你。但是我要问你，木里中学的这种教学结果你在外头说起又好意思吗，很自豪吗？木里县14万人口，一年考起几个十来个，有时候甚至为零。我们广大家长把子女的未来托付给这所学校，托付给你们这些教师，我们又是以什么样的态度来回报人家？作为教师，你们对得起木里的未来，对得起木里的家长吗？就说刘凯校长领导的棠湖中学吧。没错，棠湖中学教师的待遇很好，但他们付出的劳动，他们对社会的贡献，或者说他们和政府讨价还价的资本是什么？是每年一千多个本科学生。他们有这种资格！同样的道理，政府投钱办教育，提高教师待遇，但我们不能花冤枉钱，我们的付出要讲回报。我相信木里中学通过加强管理，提升教学质量的潜力和空间还很大，所以我们要改革，要发展。因此从现在开始，由我亲自管教育，否则，今后我不是县长了，虽然各项事业都发展了，但我对不起木里人民，没有把教育扶上去，那作为县长我会感到非常遗憾非常失职。

针对教师们提出的问题，伍松明确表态：第一，县委县政府将一如既往地支持教育工作，特别是木里中学是我们唯一的高中，木里中学教师的待遇，要逐年提高，但要有一套和它的教学成果相匹配的奖励制度。我明确地讲，逐年提高待遇的前提是：教师教学水平的提高。没有教学水平的提高，单方面讲待遇的提高，就讲不走了，就没道理了。第二，加强基础设施建设，教师的周转房，今年下半年一定要动工，想方设法解决老师的周转房问题。第三，教师的进人渠道，只要你们需要，县委县政府就满足你们的需求，但前提是你要招得来，还要保证招来的人要有一定的水平。第四，严格管理。

说到管理，伍松加重了语气：木里中学必须要有一套严格的选拔管理中层干部、管理教师的制度，这个权力要放给学校，采取校长聘任制。县委县政府无条件地支持校长，赋予他的权威和人事调整权，把那些想干事、能干事，对木里教育真正关心的人，提拔到领导岗位，推荐到教师队伍来。同时，我在这里特别申明，如果这个班子里确实有不愿意多出力、多干事、斤斤计较、撂担子的人，好，由校长给县委县政府提建议，把你免了就是。

片刻，伍松又强调道：我说的免了，不是叫你继续在这里工作，对你的安置要由我们来定。教师也一样。我开除不了你，不能让你说走就走，但我可以给你调岗位，不是在学校内部调岗位，是在全县范围调整，你在木里中学教不了，你就到乡下去教小学，以后退休了，你的退休工资还要去乡下领……

说到这里，全场一片寂静，只有伍松的声音在教室里响起：

如果连这个制度都没有，怎么确保教学质量？

又是一阵停顿。然后，伍松说：必须突出黄河同志的核心领导地位。县委县政府既然选择了他，就要充分信任他。他对班子成员的评价，某种意义上就代表县委县政府的评价。他对教师的管理，就代表县委县政府对教师的管理。有不愿意干的，要撂担子的，写个书面申请来，交给他，看你是谁，他都可以批准。

长久的沉寂。连呼吸声也听得见。有人在咳嗽。有茶杯与杯盖的碰撞声。

最后，伍松说，木里县教育的希望就是木里中学，它是龙头，也是木里教育的制高点。这里已经而且应该继续聚集木里教育的优质资源。我们坚信，有像刘凯校长这样的老校友的支持，有像棠湖中学这样有能力的学校，愿为木里的教育付出心血，有我们大家的共同努力，木里的教育肯定是充满希望的。

木里中学就拜托大家，交给大家了！

4. 建章立制

接下来的整个暑假，木里中学的人忙得不可开交。中层以上干部全都没有休假。他们在忙着两件事情：一是建章立制，二是准备新校区搬迁。

建章立制，等于在空地上造房子，一砖一瓦都得自己想办法。以前也不是没有，也曾制定过许多的制度和条款，但都停留在纸面上，谁也不拿它当真。后来时间越久，连形式也没了，资料也不曾保全。有法不依，有制度不执行，留下许多后遗症。比如请销假制度，连依据也找不到。因此木里中学的请假现象十分普遍，理由五花八门。假条交到教务处，可教师紧缺，有人请假就得缺课，教务处为此焦头烂额。但教务处接到假条，只抱怨，却不愿意出面说话，怕得罪人，矛盾交到黄河那里，黄河不同意，因此成了"恶人"。

考试也一样。以前考试，临考前，开个会议，临时分一下工，安排一下监考区。来不来监考没关系，因为没制度，也就没有处罚。2014年春季学期结束前，学校制定了一个《木里中学考风考纪规则》。规则明确要求，考试期间，监考老师不得迟到、早退，不能玩手机、抽烟……不能做任何与考试无关的事，同时不允许学生考试时迟到、睡觉、提前交卷等。

规则宣布后，一帮年轻教师找到黄河，说：我看玄，肯定执行不了。又用怀疑的语气道：我们也没啥要求，只要你们一视同仁，我们也没话说。

黄河话说得很硬：莫得那么怪，这个都管不下来，还叫啥子考试？

结果真就出了问题。

考试之前，责任已落实到人头，一个副校长负责一层楼，中层干部分到每层楼配合副校长搞好巡考。黄河任总巡考，在各个考区间巡回视察。

考试那天，黄河到达一个考室时，监考的老师居然不在岗。黄河问别的老师，都说没见到人。黄河把电话打给分管副校长，无人接听。黄河赶去教导处，说，给我把这两个人记起来，按规定处理，该通报的通报，该扣钱的扣钱。

处罚结果出来，那帮年轻的教师又找到黄河，围上来，说：只要都这么做，我们也莫啥说的，一视同仁就好。

但黄河"恶人"的名声却出去了。

采访中，黄河还说到一次触目惊心的经历，那是一次评定职称的过程。

2013年9月，黄河刚从棠湖中学回来，还没有负责具体工作，就在学校里"协助管理"。职称评定时，徐校长出差去了。每年的9月，是评定职称季节，也是矛盾最突出的时期，被木里中学的教师们称为"黑色九月"。以前一到9月，徐校长总会出差，把评定职称的工作交给分管副校长负责。今年也不例外。就有人提议让黄河主持，黄河说：我刚回来，情况不熟，只参与，不介入。

方案是临时制定的，大家坐下来，随便议一下，拟几条。之前黄河就听说，这类随便拟订的方案，都带有倾向性，想让谁上，就往谁的方向倾斜。结果可想而知，该评的评不上，评上的，往往工作懒散，教学成绩不好，难以服众。

黄河对此不置可否。

那天职称评定，仍然由分管副校长主持。

方案出来，简易极了，就几个干条款：工作年限、论文要求、工作量等，对德、勤、能、绩全无考虑。

初评之后，参加终评的有三个人，其中的两人，分数相当，需从两人中选择一人。第二轮考评时，由有高级职称的评委和行政人员组成终评组，分别给两人打分。而两个人中，有着明显的落差：一个教师上课认真，教学成绩良好；另一个工作懒散，课堂纪律混乱，学生的成绩一塌糊涂。

打分结果出来，教学成绩差的比教学成绩好的分数高出不少。

说到那次参评经历，黄河至今难以平静：这是明显的淘优存劣。可怕的是，都是我们的高级职称和行政班子人员评的，无论是教学还是管理，他们就代表了我们学校的最高水平。他们都是这样，还能有什么指望？以后哪个还给你干工作？

邪气过重，正气不足。一方面，所有人都在一起往坏里整；另一方面，大家又都怨声载道，说看不到希望。

分开看，每个人都不邪恶，可是弄到一起就成了邪恶。

怎么办？只有用制度说话，一切都回到制度管理的轨道上来，谁也别做好人恶人。

要定的制度太多了，百废俱兴，千头万绪。黄河把任务分解下去，由分管副校长负责，各显神通，尽量利用各自的资源，找尽可能多的参考样本。棠湖中学的整套制度传过来了，攀枝花各学校的制度章程传过来了。学习和消化需要时间。比对着木里中学的状况，综合，取舍，拿不准的打电话请教。草案形成后，交由行政会讨论，所有中层以上的干部都参加，审议修改之后，再打印成册。开学时，正式宣布实施。

这些新建成的制度包括：德育常规管理，教学、教研常规管理，评优晋级，职称评聘，教学质量奖励，绩效工资考核，考勤制度，请假销假制度等等。

建章立制完成，假期已过去大半。

另一件事则是搬迁新校区。

木里中学的旧校区位于县城中心的一个半山坡上，占地面积三十余亩。因为地势狭窄，门前是坡，背后是山，能用的仅有二十余亩。这二十余亩面积之中，有教学楼、学生宿舍、食堂、操场、小卖部、阅览室……麻雀虽小，五脏俱全。两千多名初高中学生挤在这样窄小的空间里学习生活，单说吃饭，就需分时段，错开下课，轮流就餐。新校区则设在距离县城三公里处的乔瓦镇上，于2013年6月动工，由县财政出资两亿元，加上攀枝花的援建资金五百万元建成。2014年7月座谈会后，学校行政会议决定，将高中部整体搬迁到新

校区，原校区仅做初中学部。整个假期，大家都在为新校区的搬迁忙碌。

尽管任务繁重，千头万绪，但工作却意外地进展顺利。没有人再拖延推诿、讨价还价。没有人撂担子、抬扛子。整个过程风风火火，井然有序。偶尔静下来时，黄河竟有些恍惚，感觉像是换了拨人，换了一所学校。只是，私下里，大家心里明白，是伍松的话起了作用。座谈会那天，大家表面上很矜持，不惊不乍，不忧不喜。没有人发难，也没有人表现出过度兴奋。甚至伍松讲话结束，也只有不温不火的一阵掌声。然而，从这种过度掩饰的平静中，大家都能够感觉出来，所有人的内心都受到了震动。

是的，所有人。

伍松讲话的内容不少，但真正让大家感觉到威慑的，就一点：我开除不了你，但我可以把你调到乡下去，调到最偏远的山区去，以后退休了，你的退休工资还要去乡下领……不愿意干的，要撂担子的，写个书面申请来，看你是谁，都批。

事后胡启华称，这是"尚方宝剑"。黄河则说这是木里中学的"遵义会议"。当年的遵义会议，改变了中国革命的走向，而木里中学的"遵义会议"，坚定了改革和振兴木里教育的信心和决心。

黄河说，那次会议，也是他个人的临界点。那之前，他从没有好好睡过一觉：刘凯校长每天打好几个电话，从电话里，他听出我的状态不好，逃避、抑郁、身心疲惫。他非常担心，怕我出问题。

每天恍恍惚惚，脚上像拴了个秤砣，抬不起来。

而那之后，有了信心，脚步也轻松了，回家也能睡得着了。

身心愉悦。黄河用这个词总结那次会后的状态。

这下子，逃不了了，只有背水一战，管他妈的成与败，干了再说。黄河兴奋得爆了粗口。

5. 周末聚会

新的学期开学了。黄河像往常一样，早上六点出门，赶到学校时，六点半钟不到。高中部已经搬迁到新校区，他得先到老校区，再到新校区。一路上都让他惊讶。老校区门前长长的斜坡上，以前垃圾遍地，学生和闲杂人员到处都是，到处晃荡。保安也像是闲杂人员，散落在校门前后，见了人爱理不理，斜吊着眼睛看你。那天一反常态。校门前的地面干净整洁。学生行色匆匆。保安立在门前，检视着每一个学生。仿佛迂塞的河道被疏通，转眼间，校门口变成了一条流畅的河流。

早自习开始。琅琅的书声从教室传来，在校园里回响。教学楼是U字形，三面相连，余下一方为行道。黄河站在行道前，那书声就成了环绕状，仿佛立体声的晨曲，在黄河的头顶萦绕。从每一个角度看过去，都能够看见老师立在讲台上的身影。

新校区也一样。只是更加整洁，更加舒展。园里的草木刚种下，尚未茂盛，却也挺直了腰身，铆足了劲儿，往上生长。

有学生从身边过，停下步子，站定了，叫：老师好！

黄河的心热起来，眼睛发潮。这才是学校，这才是学生该有的样子：

以前都说木里的娃儿，从娘胎里就定了性的，不好学，行为习惯差，就是把脑壳打个洞也灌不进去。最沮丧时，他也曾这么想过，现在看来，问题不在娃儿，在学校。

开学前，学校召开了一次全校教职工大会。所有人都参加。难得的是，没有人请假，没有人无故缺席。所有人都到齐了。黄河心里清楚是什么原因。那次伍县长到校召开座谈会，尽管参加的教师不算多，但学校里的关系盘根错节，会后不久，伍松讲话的内容早传开了。

你要是不想干，就把你调到乡下去，到最偏远的地方去……黄河仿佛听见他们在背地里窃窃私语。木里的乡下有多远，很多老师在县城教了一辈子书，也从没有到过最边远的乡镇。但他们肯定听说过。每一个班上，都有从乡镇来的学生。不光是距离的问题，还不通公路，徒步或者骑马，动辄十天半月。

我教书时也没去过。我都是去了县政府之后，才把所有的乡镇跑遍的。黄河说。

教职工大会上，原文学习了刘凯和伍松的讲话。宣读了假期制定的各项规章制度。胡启华和黄河也在会上分别发表了讲话。两人的讲话大同小异，只是侧重点不同，胡启华宏观黄河微观。有一点却是高度一致，两人都在讲话中慎重宣布：木里中学的改革正式开始，谁也阻挡不住改革的步伐。

其实改革早已经开始。以前就曾经宣布过。只是以前的底气不足，没有大声地说出来。即使大声说了，也没有人当回事。这一次，算是补课，有伍松县长撑腰，再慎重地宣布一次。

胡启华说，开会时，他坐在台上，曾有意无意注意过台下的反应：有惊讶的，有不屑的，更多的是无所谓。没有人表现出欣喜或者兴奋。

这就是知识分子的特点，自视甚高，不愿意买你的账，也很难放弃固有的看法。但不管你是什么心态，一切按制度来。伍县长的讲话精神，或许他们会认为是"威胁"，是"高压"，内心会有抵触。但只有用时间来证明，我们没有私心，我们都是为学校好，为大家好，为木里的孩子们好。胡启华说。

那个周末，木里中学的行政班子举行了一次聚会。学校中层以上的干部都聚齐了。他们分别是：副校长黄晓莲、副校长王元贵、副书记李正琪、教导处主任刘宗林（后提升为副校长）、德育处主任曾泉（后提升为副校长）、安保处主任李志友、办公室主任李树海、总务处主任扎西旦珠等。聚会的目的很简单，经过了半年多的艰难挣扎，大家终于可以喘一口气了，周末聚在一起，放松放松。同时新的规章制度执行一周了，胡启华和黄河也很想借这个机会，听听大家的感受。

人陆续而至。每一个人到达时，都长长地叹出一口气来：这段时间，真是累安逸了。

接着又舒出一口气来：还好，总算好，总算开学了。

很明显，大家是欣慰的。这种欣慰，谁都能感觉出来，是发自内心。无论是谁，无论曾经是什么态度，面对突然而至的巨大变化，都感到震惊，感到振奋。接着就议论起这一周来的变化：从来没想到学校会变成这样。这么干净，这么整洁。学生都有礼貌了。老师都认真上课了。

看来还是制度起作用。制度管人，一切都按制度来，事情就变得简单多了。大家由衷地发出感慨。

接着又讨论起那个一周多来一直在私下里被人议论、让人不安的内容：

伍县长说了，不愿意干的，要撂担子的，写个书面申请来，尽管撂，结果这么长时间，一个都没有。

人心是复杂的，古怪的，说这些时，再没有人觉得与己有关。都把自己撇开了，剔出去了，在说别人。所有人，无论是之前的支持者还是反对者。

于是举杯，不是为了庆贺，而是庆幸，终于迈出了第一步。

　　于是相互感慨，相互打气。确实是万里长征仅迈出了第一步，离成功还远着呢，说庆贺为时太早。庆幸的背后，则意味着艰难，意味着心酸。艰难远未过去，心酸的滋味还在胸口。酒过三巡，胡启华和黄河的酒杯碰到了一起，跟着人离开座位，头和肩碰到了一起。酒杯不断地相碰，"嘣嘣嘣"发出脆响。可是酒还在杯里，还没有喝下。

　　他俩都有些喝多了。又或者，只顾着说话，顾不上喝酒。千言万语，抢着说赶着说。再怎么说也说不尽。再怎么说也不知从何说起。千头万绪语无伦次。从哪里开始又从哪里结束？都可以，都不重要。酒后的话不讲逻辑。酒后的话又异常真切。这一对战友，同舟共济，一路并肩，闯过了艰难险阻，闯过了风雨雷电，如今已俨然成为难友。

　　总算是闯过去了。然而，前方的路，尚无尽头。而且，凭直觉，他们知道，并不平坦。

　　于是，一个说：不管怎样，我们挺过来了。

　　另一个说：是啊，挺过来了。

　　一个说：我们就这样，干下去。

　　另一个说：是啊，就这样，干下去。

　　一个说：如果这样干，还干不好，那以后木里中学，就不可能了。

　　另一个说：是啊，成也好，败也好，都这么干。

　　一个说：干败了，也坏不到哪里去。

　　另一个说：都已经是最坏了，坏到底了，再坏，还能够，坏到哪儿去？

　　于是"嘭"的一声，酒杯再次碰响，两人同时道：不管他的，天垮不下来！

第五章　深入核心

1.难题频出

前文提到，2013年暑假，四川省人事厅委托省教科院举办了一个"藏区骨干教师培训班"，托刘凯的福，胡启华和黄河破格前往。

然而刚去时，胡启华的状态并不好。黄河是物理教师出身，到了培训班，他便如鱼入池塘般去了物理课堂。胡启华站在室外，想不好该进哪个课堂。授课的都是省教科院的专家，所讲内容专业性极强。而他是学农牧的，所有的课都听不懂。几堂课听下来，云里雾里。他不想再听下去了。家里的工作千头万绪，每天都有若干个电话催他回去。

他把想回去的打算说出口，就遭到刘凯一顿训斥：我好不容易才为你们争取到名额，你还想回去。你那家里的事有多重要，少了你地球就不转了？来都来了，听不懂也要听，硬听下去，肯定对你有好处。

　　他硬着头皮往下听。相比之下，生物课的那些细胞壁细胞核，跟他所学的农牧还沾点边，多少也能听懂一些。他去听生物课。授课的老师何兴明，省教科院很著名的一位生物学专家，也是刘凯的朋友。从刘凯那里，他听说过木里，也知道胡启华的情况，对他特别关照，让他有不懂的，尽管去问。即使如此，胡启华还是在"坐飞机"。转机出现在不经意间。讲课的是专家，听课者也是来自阿坝和甘孜两地的骨干教师。专家授完课后，学员们再分别上台讲课，再由专家评课。评课时，一连串的新名词："学情""补短教学""双向细目表"……听得胡启华酒醉了似的，又仿佛有所开悟。待明白大意之后，竟串成了一条教学逻辑链条。

　　先分析学情，再根据学情，列出双向细目表，再根据双向细目表，有针对性地出考试题，然后是分析试卷，有针对性地进行补短教学……

　　一边听，一边在心里暗暗惊讶。那之前，胡启华已担任教育局长两年多了，兼任校长也有大半年时间。这样的流程，别说是木里中学从没做过，就连听也没听说过：我们的考试题，都是随便出，随便组成一个100分。或者直接从成都、绵阳、攀枝花等地买回试卷，让学生们做。肯定没有针对性，也根本不知道学生缺什么，短板在哪儿。

　　而作为教育局长兼校长，他一直想当然地以为，出试题很简单，就是这样组成一个100分试卷……

　　印象最深的是那次去成都七中听课。那也是培训班的学习内容之一。成都七中的知名度在世人眼里，是响当当的名校，全省一流。在胡启华看来，成都七中的老师，也自然是一流水准，优中选优。没有几下功夫，哪可能进入成都七中这样的学校？那天上生物示范课是一位从华东师范大学研究生毕业的年轻教师。胡启华听得似懂非懂，感觉还是在"坐飞机"。但凭感觉，他觉得年轻老师讲得好，准备充分，节奏稳健，外形、语言、神态，无可挑剔。评课时，他惊得目瞪口呆，这么优秀的老师，这么好的一堂课，居然被专家们评得一无是处……

这件事对胡启华刺激很大。什么叫差距？什么叫里面和外面？真的是两个世界，完全不在同一个频道：而我们的那些老师，长期封闭在一个狭小的地方，从来没去外面学习过，做了井底之蛙还不自知，还沾沾自喜，以为舍我其谁，自我感觉好得很。

这样的差距要赶上来，谈何容易。然而，不赶上来，不往外面的教学水准靠拢，之前的所有改革都是徒劳，都只是花拳绣腿，哗众取宠，毫无意义。

如今，一年过去，学生变了，老师变了，学校像一所学校了。这是胡启华和黄河求之不得的愿景。然而，仅有这些还远远不够。这一切的变化都只是外围环境，是前提，是为教学改革提供保证。核心的改革至今为止，尚未触及，那就是：教学理念和方法的革新，教学质量的提升。这才是整个改革的目的，否则，之前所做的一切，都是枉然。

改革必须向核心区域深入了。

教研活动的改革是教学改革的第一步，也是重中之重。以前的木里中学，也曾有过教研活动。断断续续。似有若无。牵头者打个招呼：哎呀，我们教研组，好久没在一起了，凑点钱，大家到外面耍一下。

于是，约好了，找一个地方，农家乐或者藏家乐，签个到，吃顿饭，闲扯一番，走人。

如今的教研改革，学校采取的是"拿来主义"，比如说，像外面的学校一样，集体备课。

集体备课在教学术语上，也称"团队作战"：大家围在一起，确定一个主备人，把备课的想法讲出来，一起研究讨论，形成较为固定的教案，其他人则在此基础上，根据个人的经验增减内容。

这是一种被实践反复证明的先进而实用的备课方式。省时、省力，又能发挥集体智慧，在现代教学中已沿用多年，并形成了一整套固定模式，如"四定""八备""六统一"原则。四定：定时间、定地点、定内容、定主备人。八备：备教材、备课标、备学情、备教法、备学法、备教学过程、备作业、备检测。六统一：统一进度、统一目标、统一重难点、统一每一节课的共性内容、统一作业、统一检测试题等。但这种在别的学校已被普遍采用了多年的备课方法，在木里尚属新生事物，刚进入尝试阶段。

既然是尝试，胡启华和黄河便尽可能全程介入，参与各个学科的集体备课。

之前有一个插曲。2014年高考，木里中学应届高中毕业生300余人，本科硬上线人数20人，为木里中学自创办以来取得的最好成绩，创下了"历史纪录"。然而，这个时候的木里中学，改革刚刚起步，还处于百废待兴、新旧力量博弈之际，教学改革丝毫未敢触及，自然不可能是改革的结果。取得"20人上线"的好成绩，直接的原因是六年前的2008年，从政府层面开办的小升初"励志班"学生，完成三年初中和三年高中学业后，正好是2014年高中毕业。换言之，2014年高考成绩的取得缘于"励志班"生源的相对优质。

然而，成绩出来，木里中学高2014届年级主任老夏，见了黄河，老远道：黄河，我干的是前无古人、后无来者的事哦。

仿佛挨了一闷棒，黄河一下子愣住了。老实说，长时间来的挫折和受阻，让黄河已经习惯了对抗和抵触，也习惯了隐忍和克制。老夏的得意和傲慢在意料之中，黄河都可以忍受。受不了的是他话里的意思。"前无古人"？就算是吧，学校之前确实没有取得过这样的成绩。但"后无来者"就让黄河十分反感。也就是说，你就一锤定音了，再没有人可以超过你了？也等于说，我们现在所做的一切，都是瞎折腾，无用功？这话里话外的意思明显极了，是抵触，是公然的否定和挑战。

但眼前的事实摆在这里，黄河只能咬着牙按捺着。300多人参加高考，考上了20人，确实创下了"奇迹"，确实是木里中学从未有过的"辉煌"，活该他得意……可心底里，黄河又十分不服气：这样区区的20个人，换了外面任何一所学校，口都开不了，提都不好意思提，可放在这里，放在木里中学，怎么就成了"奇迹"，怎么就成了"历史纪录"，怎么就有了资格当众嘚瑟？

可悲的是，这就是现实。这样的现实，真让人又憋屈又绝望。

黄河在心里恨道：简直不晓得天有多大。

想了想，黄河也放出了狠话：老夏，你信不信，肯定不可能是后无来者，哪怕时间再长，哪怕等到你骨头敲得鼓响时，我也会来告慰你，木里中学已经超过了这个数，肯定会超过这个数。

话说得硬朗，还带着愤恨，可下意识地，却把时间拉得好长，给自己留足了余地。心底里，黄河还是沮丧的，更沮丧的是，他发现自己尽管不想认输，可现实摆在那里，他还是缺乏底气。

他想挽回一点面子，把语气拿得更硬一些，把时间说得具体一些：按我们现在这么干，木里中学一定可以超过这个数。如果在我的手头超不过，在今后校长的手头也一定会超过。历史总是向前发展的，是不是？

黄河的语气自信洒脱，可话语之外，沮丧的影子还在。他的硬话不硬，他的底气还是不足。

然而胜者总是听不见别人的声音，更看不见别人的苦衷。那之后，每每见了黄河，老夏依然道：黄河，我干的是前无古人、后无来者的事哦！

黄河不与他论，暗暗把牙齿咬得更紧。

那天语文组集体备课，老夏是备课组长，主备人。备课前，他特意抬高了声音：黄河，我们集体备课，你们也来指导一下嘛。

黄河本能地谨慎起来，触觉大张。也没有发现任何异样，就道：好嘛，我们来就是了。

是和胡启华一起去的。一切按步骤进行。先由主备人老夏将自己的备课设想和备课过程做简要介绍，再由大家补充讨论。老夏讲完，大家发表意见。你一言，我一语，正说得热闹，老夏话锋一转，道：胡校长，黄校长，你们两个说说，这个地方应该咋个办？

黄河在心里又警惕起来。

这是一篇具体的课文，属于纯业务范畴。而胡启华和黄河，一个学农牧一个学物理，哪知道接下来该怎么办？

可问题是，在座者听了老夏的话，都转过头来，看着他俩。其实谁都明白他俩不懂也没必要懂，可谁都在等着他俩回答。

用意明白极了，就是要当众给他俩出难题，看他俩的笑话。

胡启华的反应波澜不惊，看不出任何窘相。黄河却竭力地沉住气，看着众人。

众人也不言语。没有具体的话语表达意见，只留出一段空白，让他俩填写。只有一些表情，从眉目间、嘴角，从细微的手或脚的动作间表露出来。

是讥讽和嘲弄的表情。

胡启华异常诚恳，说：我们就是来学习的，这些很专业的地方，我们确实不懂。

黄河也知道该怎么做了，道：你们先讨论吧，我们不懂，但我们可以找专家帮我们解答。

老夏的目的似已达到，心满意足，语气慢下来，道：所以嘛，我教了几十年书，你说哪个想放水嘛，也不可能，是不是？只不过，杀猪杀屁眼儿还是杀喉咙，各有各的杀法。

正待转入正题，老夏又道：我教了几十年书，在你们眼里，还教不来书了。

是自言自语，看着手中的书本说的，却有明显的针对性，不依不饶。

胡启华和黄河对视一下，装聋作哑。备课继续进行。

类似的情形此后多次出现。不同学科不同的备课组。胡启华和黄河的心里更有数了。改革表面看去风平浪静，暗地里的浪涌从没有停止过。可问题的要害在于，改革正在继续，如果把学校搞好了，明明是全社会受益，对所有人都好，尤其是教师。教师们只有在学校好起来时才受人尊敬，拥有尊严。可为什么教师们偏偏要与改革作对？

我曾就这个问题请教过胡启华。胡启华认为，这就是人性的局限。人性可以超越，却很难超越。这些出难题的人，他们未必是有意要与改革作对，但他们长期以来懒散惯了，为所欲为，从来没戴过紧箍咒。如今一系列的制度执行起来，紧箍咒越箍越紧，人却还处于惯性之中，好多人心里都感到恼火。明的不好使了，就来暗的，从教学的角度给你出难题，知道你不懂，让你难堪，并由此获得一种优越感和快感。

另一个问题同时出现：他们这么搞，就按他们的方法做，但他们的方法对不对，有没有效果，我们确实不懂，无法做出判断。由此我们意识到，教学改革，遇到了第一个瓶颈，那就是，该怎么辨别，怎么指导？

又是刘凯。新学期开学后，学校走上正轨，刘凯打给黄河的电话减了频率，不再是每天四次，但也绝对是热线。电话中，说到瓶颈，该怎么辨别和指导，刘凯说，技术层面的事，简单，我来解决，我马上派督学过来，参加他们的活动，进入所有的教学环节……

2. 督学出阵

吕巽老师退休已经整十年了。曾经，她是棠湖中学的教导主任。她在棠湖中学任教时，刘凯当时还在双流县（后改为区）政府任督学。工作上的原因，两人时常有所接触。刘凯留给吕巽老师的印象是，爱读书，爱思考，很上进，很有事业心。双方很谈得来。

这是一个前辈对于晚辈的评价，也是一个朋友对于朋友的认同。刘凯任校长时，吕巽老师已经退休，去了北京带孙子，享受天伦之乐。在北京时吕巽老师就接到刘凯的电话，请她出山。但吕巽老师的回答很洒脱：退休了就百事不问，专心过我的退休生活。

2014年秋天，吕巽老师从北京回来，去河边散步时，碰上了刘凯。

老远见着，刘凯就迎上去。一番问候之后，没说别的，只邀请她一起聚聚。

她去了。

那天到场的还有好些老同事，有的已经退休，有的正接近退休年龄。他们是，语文老师何群、李春华，历史老师金黄、数学老师汤明忠，英语老师杨杰，数学老师、棠湖中学时任督学易俊等，清一色的名优教师，平均年龄64岁。

坐下来，一听刘凯的意思，吕巽老师首先表示异议：你自己（棠湖中学）这么大一摊子事，还要去揽一堆事来做，嫌不嫌累嘛？

吕巽老师是前辈，说话难免率直一些。她知道如今的学校，竞争激烈，教学压力大，社会的期望值很高，要管好一所学校实在不易。

但她很快又被刘凯的想法吸引过去，最终被他"收服"，成为刘凯最坚定的支持者，继而成为棠湖中学督学团队中的一员。

很简单，我是被他的情怀所感动。吕巽老师说。

后来我才晓得，他对木里的帮助老早就开始了，从国家还没有开始"精准扶贫"之前。我真是被他感动了，被他这个人——往大点说，是被他的家国情怀，往小点说，是被他的木里情结。不是有很多的地方都在扶贫吗？可人家那些地方是行政任务。我们这个地方，没有人给他任务，他是发之于对少数民族的情，和要改变木里面貌的理。我当时根本不晓得他的情况。后来才晓得，他就是在木里长大的。可是很多人都是从山沟里走出去的，山沟里飞出的金凤凰，也不一定会再回首。现在都在鼓励人走出大山，但是走出去了，要回去建设家乡，这个才是落脚点。

吕巽老师明智、善言，对自己所做的事认识深透：

贫穷和落后，一定是跟教育的落后相伴而生。贫穷因为愚昧，愚昧是因为没受教育，教育扶贫才是精准扶贫的根本。对木里的教育扶贫，是木里持续发展的必要前提，因此我能够加入进来，是来参与一项伟大的事业，是尽我的应尽之义，我感到很欣慰。

请来几位已经或将要退休的名优教师，是刘凯继省教科院和棠湖中学九大学科专家团队之后，请出的第三拨专家力量。请老教师们出山，刘凯有着特殊的打算。当时正值开学期间，棠湖中学的教学任务繁重，各学科专家都有自己的本职工作，不可能离开岗位抽身前去木里。而木里中学的教学改革启动之后，需要长期而专业的指导与督促。这是其一。其二，到目前为止，棠湖中学对木里中学所做的一切，仍属于刘凯的"个人行为"。尽管学校上下对此表示认同，教师们的付出也极为真诚，但归根到底，还是属于"非官方性质"。持续地兴师动众，毕竟不妥。基于这些考虑，刘凯想到了这批退休老教师，恳请他们出山，为木里的教育事业出力。

正如棠湖中学教师李鹏所言，真正美好的事物，是很容易打动人心的。

这批老教师聚集到了刘凯的身边。

易俊的情况略有不同。

易俊兼任督学组长时尚未退休，却已接近退休年龄。之前在棠湖中学担任过年级主任、数学教学教研组长等职，所教学生参加全国数学竞赛，曾多次荣获国家级一二等奖。他说之所以接受这份额外的工作，是因为看到了其中的意义。他对刘凯校长敬佩有加：他思想境界高，是站在国家的层面考虑问题。尽管他来自木里，有私人情结，但他面对的是整个中国的教育发展。木里是少数民族自治县，教育、文化都比较落后。以木里中学为代表的少数民族教育的发展，文化的提升，是国家层面的大事要事。怎样用现有的资源，去帮助少数民族地区发展教育，他在尝试走出一条道路来。而且，这条路，在刘凯校长的带领之下，已经走通了，已经有了成效。现在不光是木里中学，其他很多的学校都来棠湖中学参观学习。

　　确实如此，如今的棠湖中学可谓"门庭若市"，各边远地区的学校前往参观学习者络绎不绝，"每周都有一两所学校"，许多的学校也像当初黄河一样，派出校长或副校长，到棠中挂职跟岗学习。更有凉山州的昭觉中学，校长多次给刘凯打电话，请求棠湖中学"像帮助木里中学一样帮助我们"。星星之火，已成燎原之势。

　　棠湖中学援助木里中学的督学团队由七人组成，他们都是各自学科的杰出代表。他们都曾先后轮流多次到木里中学指导工作。他们是：

　　　　组长易俊，56岁。

　　　　何群，64岁。

　　　　李春华，70岁。

　　　　金黄，65岁。

　　　　汤明忠，59岁。

　　　　杨杰，60岁。

　　　　吕巽，74岁。

　　2014年10月的一天，督学团体的老专家们出发了。他们是2014年前往木里的第三拨专家。每一拨专家，都要经历相同的艰难路途。

　　早上一早出发，坐大巴车到西昌已是下午两点，吃完饭接着走，到达木里，已是晚上十点半。当时的路上，一路都在修路，一路停下来，路烂，坑深，天又下雨，看不见路，只觉得颠得厉害。吕巽说。

也要经历"高反"的考验。

木里县城所在地，海拔2300米。这样的海拔高度对于常人而言，不会有太大反应。但督学们年纪大了，体质相对较弱，去到这样的地方，危险的系数增大。第一次去，汤明忠老师就出现严重的高原反应：呕吐，拉肚子，头痛欲裂，而木里的医疗条件有限。第二天，不得不赶紧把汤明忠老师送回西昌。一到西昌，所有反应全无。之前的那些症状，仿佛做梦一般。

督学团队第二次来，汤明忠老师又来了，又是同样的高反，又是赶快送离木里。

金黄老师有慢性支气管炎，到了木里，整夜无法入睡。之后的几天，眼眶始终是青的。

但木里人的淳朴和热情冲淡了他们对于路途艰难的记忆，也激励着他们克服高反引起的各种身体不适。

吕巽老师说到去木里的情况：

到了以后，所有的正副校长、学校干部，全部等在那儿。后来每一次去，都一样。后来我们又坐飞机去，每一次，都到西昌接，到机场接。非常单纯，非常真诚——不是一回，每回都是。

晚上休息时，还陪着我们摆龙门阵，不断地问问题，虚心请教。

有次我们听了他们的课，要做评价，书记和县长都来了，都来听我们讲。这可是很少见的，从没有见过的。一个县上，把教育当成全县的大事，不是口头上，是行动上。所以我说，一个是校长（刘凯）的情怀，一个是他们的真诚，是真诚地想改变的强烈愿望。

如果他是一具僵尸，你拥抱他，等于零。吕巽老师说得很动情。

易俊老师也有相同的感受。

有一次去木里，坐飞机去，我们几个普通老师，他们县长局长校长，到机场接。胡局长在家里请我们吃饭，围裙围起，亲自下厨，每道菜都给你介绍，哪一个是他做的，哪一个他打的下手，那场面，非常让人感动。面对这样的真诚和淳朴，你不帮他都不行，不帮心里受不了，不安。久而久之，就长成了一种血肉关系。

督学组到达木里中学之后，任务明确，开门见山，深入各个环节，抓教学。

首先是介入各教研组、各学科组、年级小组的教研活动，参与集体备课全过程，当场发现问题，当场指导。

第二是听课评课。

吕巽老师说，听某位老师讲课之后，马上跟他（她）交流，效果很明显，可以影响后面的好几节课。

第三是与教师们交流思想，有意识地讲述棠湖中学的办学历史及改革过程中的艰辛，以及如今所拥有的尊严与荣耀，唤醒教师们的责任和担当意识。

第四，与学生交流，了解学生们的基本状态，加强针对性。

在对木里中学的教学状况有了全面了解之后，督学们有了自己的看法。

木里中学的学生，特别淳朴，眼睛特别清亮。看到他们，你就觉得要好好教学，要不就真是误人子弟。不光是高三，所有的学生，一个都不能放松。不光是高考，就是考不上的，认真学了，学到东西了，回去之后，也有别的出路。这不光是关系到学生的成长和发展，也关系到木里经济社会的可持续发展。吕巽老师说。

易俊老师对此颇有同感。

易俊老师说起他遇到的一个水洛乡的男生。

水洛乡位于木里县境西部边缘，地处贡嘎山脉与宁朗山脉之间。距离县城208公里。境内最高海拔5958米，平均海拔3300米。藏族人口占全乡总人口的86.2%。漫长的历史中，水洛乡不通公路，仅有一些羊肠小道和少量的林区公路。2015年以前，从水洛乡到县城读书，只能以马代步，路途至少需要五天到一周时间。

易俊老师见到的高三学生就是水洛乡人。学生的名字易老师记不得了。易老师说，少数民族的名字很难记，一连串的读音，很拗口，听了也记不住。但他记住了学生的境况。下课后，学生对易俊老师说，他能读书特别不容易。初中毕业，他才十四岁时，家里就给他找了对象，要他结婚。他不从，离家出走。到了外面，一边打工，一边学习。想读书。特别想读书。后来从外面回来，进了木里中学。

易俊老师对他说：你是对的，就应该这样。

易俊老师说，这件事，这个孩子，非常触动他的神经。任何人听了都会觉得应该帮他们，应该好好教学，否则就是犯罪。

或许是触动太深，易俊老师反复用到"犯罪"这个词：木里中学，每年毕业三四百、四五百个高中生，能升上本科的，10个以下，不可想象的数字。

后来开会时，我就说，以后（木里中学）的高考，本科上线达不到100个左右，就是对木里人民犯罪——可当时每年只有几个人上线，听我说100这个数字，差距太大了——大家都觉得是天方夜谭。

不光是督学组的老教师们。之前去的棠湖中学九大学科专家也深有同感。

棠湖中学学导处主任朱元根说，有一次，他去找学生谈话，报上名字来，全是些很拗口的名字，记都记不住。但他们给人的感觉都一样，很想学习，很淳朴，就是找不到学习的方法。

语文老师贺晓珍说到对学生的印象。

木里中学的学生，很实在，很朴实。有一次，我在操场上，遇到一个学生，从兜里掏出一个包子来，还冒着热气，递给我，说：老师，给你吃。

我要走的时候，整个班的学生，眼巴巴望着我，有三个孩子，还抱着我哭。这样的一双双渴望知识的眼睛，望着你。尤其是在现在物欲横流的现实下，有这么一些想读书的孩子，无论如何，一定要帮帮他们，一直帮到他们不需要为止。

然而木里中学的老师们得出的结论却是：木里的娃儿，天生就不是读书的料，在娘胎里就定了型的，灌也灌不进去……

同样的学生，不同的老师，得出的结论截然相反。对此吕巽老师认为：木里中学的教师中，确实存在一些问题。尤其是老教师，想怎么讲就怎么讲，讲了几十年，也不知道外

面的情况，自我感觉良好，很难接受新东西了。

易俊老师则说：第一次进教室，去听了几节课后，我就有种感觉，像木里中学的老师这样教学，教下去，只能越来越落后，难免误人子弟。

政治老师张雪梅说得委婉一些：他们的教学，没有一个计划，也没有背教学大纲的说法，也不管课标，想怎么上就怎么上，讲到哪儿是哪儿，完全是种"散养"状态。

语文老师贺晓珍说：当时觉得非常惊讶，课怎么可以这样上？那是讲一篇文言文，我们上课的话，要先让学生阅读、翻译，然后提问题，由学生解答，老师再进行指导。他们是，上课前，没有让学生做任何事，老师一到课堂，先让学生翻译，然后，老师把学生的翻译读一遍，完了。

听课之后，我的第一印象，要改变观念，老师和学生的观念都需要改变。满堂灌，老师最省事，可是学生到头来什么也没有学到。

可改变起来不容易。年轻的老师还好，接受新东西快；老教师，很多观念已经固化了，很抗拒，改变起来非常难。

希望主要还是得寄托在那些年轻教师身上。这是督学们的共同看法。

3. 暗礁重重

是督学组的专家回答了老夏关于"杀猪杀屁眼儿还是杀

喉咙"的问题。

那天又是语文组的教研活动。棠湖中学的督学老师何群和李春华都参加了。在讨论对一篇课文的备课方案时，备课组长老夏的傲慢劲头又上来了，又搬出了那句名言：杀猪杀屁眼还是杀喉咙，各有各的杀法。

起初，老夏是把这句话当着众人的面说给黄河听的，黄河当时没能反驳他。后来，老夏就把这句话挂到了嘴上，见了时机就说。仍然没有人反驳。稍微不同的看法也没有。久而久之，这句话就成了"至理名言"，成了盾牌，所到之处，无人能敌。

私下里，不少人还觉得颇有道理：同样的教书，你这么教，我那么教，方法不同，结果一样，未必真有高低之分。

这句话背后的含义更加丰富。当初，刘凯和专家们来木里中学援助时，就有人私下里议论：你们这些专家老师，来了一拨又一拨，结果呢，未必管用。环境不同，条件各异。棠湖中学的办法岂能硬搬到木里中学？别的不说，单是生源，成都的娃儿，能和木里的娃儿一样？家庭背景不同，成长环境不同，他们天生就爱学习，而木里的娃儿，天生就不是读书的料……

更有人直接针对刘凯：不好好在自己的学校待着，跑到木里来管闲事。

从这个意义上说，老夏的这句话，就成了代言，成了一种隐喻。只要老夏一说，大家互递眼神，心领神会，仿佛老夏的这招"撒手锏",是代大家出招,一招即出,轻易制胜。

那天老夏又说出这句话时,没有人出声。细微的反应还是有。毕竟,有两位资深的语文督学在场,谨慎和克制还是有。但眼神,呼吸,不经意的咳嗽声,传递出大家的态度。大家又在为老夏的能耐感到陶醉时,督学组的李春华老师说话了。

督学组的老师们,之前就隐约听说过,因为上线20人,老夏曾经口出狂言"前无古人,后无来者"。而"20人"就骄傲到如此地步,在督学们看来是不值得一提的。

督学们却不曾听说过这句"名言"。

此时听了,李春华和何群都有些惊讶。

半晌,李春华老师开口了。

李春华是棠湖中学的元老级教师,教了几十年书,桃李满天下,曾先后担任过教研组长、教务处副主任等职。他接过老夏的话,用同样的语气道:对,没错,杀猪杀屁眼还是杀喉咙,各有各的杀法,但是,有一个问题是,哪种杀法死得更快?

李春华老师只提问题,不作回答。但答案尽在不言中。一瞬间,所有人都怔住了。

在场的何群老师也不多言,只连连点头。又道:确实,杀法不同,是事半功倍还是事倍功半的问题。

如果把现场比作擂台,那么这一番比武,胜负已定。场上再度陷入沉默。在座者的心思如链条一般，"哗啦啦"响。

老夏没想到遇到了对手，且对手的招法如此凌厉，简直就是"无招胜有招"，只把他的招法接过来，轻轻一下，还了回去。慌乱之中，老夏的语气软下来，道：李老师，何老师，我一个中专生，水平不行。见笑了。

在座者顿时愕然。大家依稀记得，这之前，老夏还有另一句口头禅：我教了几十年书，在你们的眼里，连书都教不来了？

然而口头上输了，心里并不认。较量还在继续。老教师们的情绪平复下去，年轻教师又跳出来。动不动又闹又吵。请假不同意，吵。课时多了少了，吵。从初中部到高中部的交通安排不满意，吵。年轻教师们吵闹时，用的是一个特殊的词，"你们"：你们是怎么安排的，你们是怎么处理的，你们是怎么考虑的……话里话外，直接站到了对立面，汇成一股强劲的火力。胡启华和黄河渐渐意识到，这不是少数年轻教师的问题，而是大多数，一大片。他们不满和吵闹的理由不同，但采取的方法一致，表露的情绪也高度一致：不是寻求问题的解决，而是指责和对抗。

老教师们的心态不难揣摩。"遵义会议"之后，情形变了，那些对改革不满，坚持要成为阻力的少数教师，明目张胆地对抗已经不妥，出难题找碴儿再也行不通，于是变换了策略，改为暗中作对，支使年轻教师出头露面。道理很简单，他们的年纪大了，如果跳出来，被逮住，很可能调去乡镇。他们不再敢以身试法。但年轻教师们不同，他们有资本，有未来，又多是外地人，就算是闹翻了，得罪了领导，大不了不干了，走人。

有一阵子，年轻教师中对学校领导层的敌对情绪十分明显，许多人还表现出工作不安心，消极怠工等。

而木里中学的教师严重紧缺一直是所有矛盾中最突出的。说到现有教师的岗位状况，黄河像背书一般顺溜：

> 学校现有高中生1659人，初中生1691人。教师205人，缺岗33人。有代课老师和援建老师31人。这33个缺岗教师的课，由代课老师和援建老师分上，还不够，每年还要接受一些顶岗实习的应届大学毕业生，课才能勉强上起走……

教师紧缺。年轻教师群体既是木里中学的主力军，也是学校的希望和未来。动摇年轻教师的信心，无异于动摇木里中学的根基和未来。改革再一次遇到瓶颈，遇到严峻的挑战。而且这一次挑战，阻力在哪儿，对手是谁，都在暗处，都不能确定。每一个具体的人，看上去，都不是阻力，更不可能成为刻意的阻挠者，可是汇在一起，就是暗礁，就是一道道厚重的墙。

与这种看不见的对手抗争，再次让黄河感到路途艰险，力不从心。

只有从年轻教师着手，采取正面强攻战略。

为此，他们主要采取了几种措施：

一是及时解决年轻教师的具体难题，做思想工作，不让消极的影响有机可乘。二是建立年轻教师座谈会机制。每学期定时召开35岁以下的年轻教师座谈会，听取他们的意见和建议，讲学校的初衷和愿景，加强沟通，寻求理解。三是针对外地教师多的状况，开展各类娱乐集会活动，增强归属感。四是由棠湖中学量身定制了培训方案，加大正面引导力度，同时利用国培、省培、县培等外出培训及节假日到棠湖中学、攀枝花等地学习的机会，让年轻教师远离负能量。

同时在全体教师中开展唤醒教育，唤醒教师们的责任感和担当意识。

那期间，学校请来省教科院和棠湖中学的专家做主题演讲。棠湖中学学导处主任朱元根就曾在木里中学做过多次演讲。其中的一场名为"荣耀与尊严凝聚着汗水和智慧"的演讲，在木里中学的教师中至今印象深刻。

演讲中，朱元根老师以一个触目惊心的例子开头：某年的高考之后，木里中学的一位老师上街理发，理发店的师傅说，你理啥发型嘛，不如剃个光头算了。

那年的高考，木里中学的上线人数仅为几人。在木里人看来，就跟"剃光头"差不多。

作为教师，当面临这样的境况时，你是什么感受？你的尊严和荣耀感在哪儿？为什么会走到今天，在社会上形成这样的印象？

作为教育人，我们应当怎样看待自己肩上的责任和担当？

朱元根现身说法，以棠湖中学的发展历程和个人的成长经历作为案例，提出教育的本质是"一棵树摇动另一棵树，一朵云推动另一朵云，一个灵魂唤醒另一个灵魂"。指出今天的优势会被明天的趋势所代替，我们决不能做井底之蛙，一刻也不能放松学习。只有以变革的心态，坚定教育的信仰，才能寻找到作为教育人的诗和远方。

朱元根说，任何的成功都不是偶然的，而是长期沉淀、积累和努力的结果。荣耀和尊严的背后是汗水，掌声的背后是坚持。而教师工作关系到学生一生的幸福和命运；教师工作是一件良心活，我们绝不能误尽天下苍生。道理我们懂，关键是，我们在行动吗？

类似的唤醒教育，将教育者带到一个高度，去审视自己肩头的责任和担当，在木里中学自创办以来，史无前例。朱元根演讲之后，听者的反应很是奇妙，似乎被震撼了，又有些迷茫，甚至还有些慌张。但终归受到了触动。演讲之后，大家用意味深长的语气说，听进去了。朱元根的回答很理性：只要听进去了，就好办，困难我们可以慢慢克服。

这期间，督学老师们的工作也起到了极为重要的作用。

自2014年起，督学组的老专家们每年来木里两到四次，每次驻扎一周。他们的工作，除却介入教学的各个环节之外，还督导管理，由他们出面，以"他者"的身份和视角，分类别，分层次，举办各类讲座，对教师们进行正面引导。督学团队中，何群老师曾经担任过成都双流白家中学党支部书记兼副校长、华阳一中党支部书记兼校长、双流县政府督学等职，曾先后荣获优秀教师、优秀党员教师、教育先进工作者等荣誉，是成都市教育局撰写国家级科研课题"均衡发展的成都教育"的主笔之一，对开辟学校内部管理督导工作订立规章和实践运作深有体会，他便以《如何当好一名校长》为题，为学校领导班子成员举办讲座。吕巽老师曾担任棠湖中学教导处主任，便以《如何当好一名中层干部，管好教学》为题，对学校中层干部举办讲座。李春华老师等则以《如何当好一名教师》为题，与老师们进行专题交流。

此外，老督学们还将他们深入调研后的情况，由老专家吕巽老师执笔，写成上万字的专题报告，由刘凯转交给了木里县委县政府。"万言报告"上的意见和建议，得到木里县委县政府的一致肯定和全面采纳。

那之后的一天，督学组的老专家们收到邀请，来到木里县委小食堂，县委书记张振国已经等候在那里。为了感谢老专家们的辛勤付出，张书记专门备下薄宴，款待老专家们，也当面听取他们的汇报。聚餐的过程别无话题，全部围绕着木里的教育和木里中学的改革。交流中，老专家们说，经过深入细致的调查研究，木里中学的管理、教学和师资等各个方面都存在问题，但最核心的问题是"政令不畅"。要让政令畅通，必须调整领导班子。并就学校的人事问题，提出了具体的意见和建议。

2016年初夏，一批支持改革、踏实工作的教师被提拔到木里中学的领导岗位。其中有：原教导处主任刘宗林、政教处主任曾泉、数学教师姚芹三位教师，被提拔为木里中学副校长。任命通知书下达时，县委书记张振国亲自出面，与他们谈话，鼓励他们更上层楼，为木里的教育事业多做贡献。

4. 黑色"红榜"

高中2015届，是木里中学高中部搬去新校区后的第一届毕业生，也是木里中学全面改革以来首次参加高考。众目睽睽，"举世瞩目"。木里中学上上下下高度重视。然而分析学情时，情况很不乐观：一是生源差。高2015届正是三年前2012届的初中毕业生源。而这一届的中考，有名可查的，三十多名优生，绝大多数去了西昌攀枝花等地。余下留在木里中学就读的，仅有几名没有条件外出的农家子弟。二是管理问题。从2012年到2014年整整两年时间，正是木里中学由乱到治的转变时期。新旧力量对峙，各种矛盾突出。剧烈的冲突之下，学校何去何从，命运难料，人人都缺乏安全感。直到2014年秋季，建章立制之后，管理逐渐规范，秩序渐入常态。然而，这时候，离2015年高考仅剩一年时间。如何在有限的时间内，竭尽全力，打赢这场翻身仗，是当时胡启华和黄河想得最多的问题。多思生虑，极容易导致用力过猛。

　　而这之前的2014年，高考上线人数20人，创下了"历史纪录"。且有老夏等人的不断挑战，也对胡启华和黄河形成一种强压力。

　　回忆起那段境况，黄河说：我们当时只是想稳住，但心里又晓得稳不住，肯定不行。诊断考试下来，只有六七个人上线。这对我们的打击太大了。办法都想尽了。外地的各路专家来学校指导，班子开会研究，心想只要不考得太差，不给人留下口实，就是万幸。

　　因为压力过大，顾虑重重，最终，他们选择了一种最笨的办法：按成绩重组班级，将优生集中，选最好的老师去教。

　　然而，当时的大背景下，教学改革刚刚开始，过程之中，明的暗的，矛盾重重，各种心态纠结，各种关系混杂。人心浮躁，很难静下心来搞教学。加之新组成的班级，老师不了解学生，学生也不了解老师，相互之间，需要长时间磨合。贸然的变动之下，老师和学生都不能适应。

　　这是一步险棋。然而特殊的境遇和心态之下，冒险已在所难免。

　　结果可想而知，2015年高考成绩出来，木里中学仅有7人上线。

　　本以为有十几个人。再怎么想也不该少于十几个。

　　四年之后，回忆起那次高考，黄河依然恍若梦中。

　　2015年6月22日，是高考成绩出炉的时间。晚上9点左右，木里中学初中部教导处灯火通明。从校长、分管副校长到全体中层干部以及班主任和部分高三教师，都会集在这里。所有的电脑都开着，大家分散在每台电脑前，关注着网上的信息。时间一到，信息开始发布，在场的人忙碌起来。由班主任老师统计各班考生的成绩，报到教务处，胡启华和黄河同步获悉。

据胡启华介绍，高考成绩的查阅，分为两个阶段：2015年以前，由县招办统一查询到成绩后，通知学校。2015年起，为保护考生的隐私权，成绩的查询只能由考生自己凭考号查询。但木里中学的情况有些特殊。木里的山区大多不通网络，边远山区的考生回家之后，无法查询成绩，则在离开学校前将考号告知班主任，待成绩出来，由班主任代为查询。其余可自行查询的，则在得知成绩后的第一时间，将结果报告班主任老师。

查询成绩现场，各班主任坐在电脑前，一个个输入考号，一个一个，成绩出来。每一个都让人心惊肉跳。黄河那天坐在一把椅子里，眼睛看着电脑，人却像坐在过山车上，剧烈的翻腾之下，心像炒豆子一般，噼里啪啦响个不停。随后，又像坠落的石头，往下沉，沉到了深渊，海底。

各班主任报告结果。到达第7个时，再也没有了下文。

7个？真的只有7个？

当"7个"已成事实时，人已经动弹不得。没有人说话。身体和语言都同时僵硬，变成了墙壁。四面都是墙壁。人待在墙内，最好永不出去。

然而，现实就在一墙之外。

第一个电话，是黄河打给时任常务副县长贾得全的：贾县长，不好意思，只、只、只有7个……话未说完，眼泪已经涌出，在镜框上形成雾障，再越过镜框，往下淌。

人已经散去了。查完了成绩，知道了结果，老师们都走了。办公室里，只剩下胡启华、黄河、时任教导处主任刘宗林、教研室主任周军。

四面都是墙壁。椅子变成了枷锁，让黄河深陷其中，动弹不得。

还是胡启华打破了沉默：妈哟，这个成绩，今晚回去也睡不着，干脆去喝闷酒。

四个人，强打起精神，往校外走去。

天黑尽了。天幸好黑尽了。谁也看不见谁。谁也不愿意碰上熟人。6月22日，是高考成绩出来的日子，也是教育人的闯关日。每到这一天，有多少的教育人守着电脑，或喜或忧。真是几家欢乐几家愁啊。或者，换一种说法，先是心悬到了嗓子眼，再是心掉进了深渊。几番起伏，几番折腾，人像被抽掉了筋骨，软得站立不稳，挪不动步子。

黄河的心里涌上一阵说不出的悲凉。

到了酒吧，酒叫上，四瓶冰镇啤酒，全打开，再倒进杯里。一切动作做完，端起杯，却不往嘴里去，又放下。仍然无语。谁也不知道话从何起。语言仿佛鸟类，受惊之下，逃遁而去。

四个男人的沉默十分坚硬。夜聚过来，堆在上空，变成了固体，变成铁。

胡启华端起酒杯，再次打破沉默。

来，干了，没意思，干脆回家算了。

干脆，干脆……那天晚上，胡启华老用"干脆"这个词，把大家撬过来，撬过去，否则的话，没有一个人挪步，没有一个人开口说话，全都变成了木头。

第二天，县城的气氛可想而知。简直有种末日的感觉。照例的，红榜还得发。学校门口的黑板上，有了几排用粉笔写成的"红榜"。

照例的，每年高考之后，高三的老师要外出一趟，学习

或者旅游。是放松，也是慰劳。那年没人提起。后来提出来了，没有人想去。高三的老师集体受挫。尽管理智上明白，应该越挫越勇，但很多的时候，理智代替不了情绪。但工作还得往下干，正常的秩序还得维持。最终，还是决定去攀枝花大河中学参观学习。

大河中学是攀枝花境内的著名学校，大河中学校长沙中前与黄河是朋友。多年来，大河中学竭尽所能，援助木里，双方结下了深厚的友谊。然而受人之恩，无以回报，这时候去到人家的学校，有何颜面见人？

临走了，大家还在问，去不去？去，还是不去？

这时候黄河必须拿主意：还是去嘛。

这时候黄河已经不是他自己。他代表学校，他是众人的主心骨。他，得站立着，不能倒。

一路上，30多人的大巴车，行程400多公里，无一人说话。

到达的当晚，对方设宴款待。酒斟上时，黄河的心里响起了声音：既然事实已无法改变，这么闷下去也不是办法。何不放开了喝酒，释放压力，待回去，从头再来。

黄河举杯，道：来，干了，大家好好放松一下，回去了，再干！

那一刻，他才意识到，一周来，这是第一次，他把话说成了句子。

然而，心里的挫败感依然在，像一把钝刀，一刀一刀，切割着自己。

从就任起到现在，两年时间过去了，成绩考成这个样子。这一次，不光教师，也包括家长、旁人、全社会……都在看他们的笑话。黄河口头上不承认，心里也开始打起鼓来。有一位老师，之前一直教重点班。2015届分班重组时，为培养年轻教师，把他手上的重点班调整出来，引起他的不满。2015年高考成绩出来之后，这位老师发来短信：像你们这么搞，明年可能要考70个哦。

收到短信后，黄河一声不吭。所有的嘲讽和辱没，他得照单全收。

四年之后，回忆起那段经历，黄河仍然感觉难堪：学校的规矩建起来了，但教学质量上不去，人家有理由认为，你们搞的这一切，都只是花拳绣腿，人家要嘲笑你，只能受着。

第六章　从头再来

1. 备战高考

　　木里中学2015年高考成绩尘埃落定后，棠湖中学这边，刘凯感到异常痛心。最让他担心的不是成绩，而是社会压力：外面的人议论纷纷，一切的矛头都会对准改革，对准木里中学的新领导班子，尤其是，对准黄河。而改革的路上，总是会遇到失败，要紧的是打起精神，从头再来。

　　刘凯的电话打到黄河的手机上。黄河一看号码，脑子里烧过一阵猛火。高考成绩出来后，黄河硬着头皮，打了好几个电话，一个一个汇报过去。然而最难的，还是打给刘凯。打给刘凯时，眼泪包在眼里，又哽在喉头。黄河不知道，泪水的源头究竟在哪儿，是在眼底，还是在心底？

　　刘凯说：嗯，知道了。刘凯又说，不要去多想，生源不好，也是意料之中。放下它，不要去多想。

　　刘凯居然十分平静，语气也十分温和体贴。话语虽然有些艰涩，但一向严厉的刘凯校长，没说一句埋怨的话。黄河的心里稍感轻松。然而，挂断电话，再接通时，再要跟刘凯说话，他还是感到异常艰难。

黄河接通电话：凯校……

刘凯道：怎么样，你？没考好，他们说什么，不用去管他……明年的高三，从现在开始抓，抓紧一点，从头再来。

片刻，刘凯又道：明年，再不能失败了。

刘凯的电话又打到了县长伍松的手机上，说到一个十分重要的事。

原来棠湖中学对木里中学的援助，从2013年开始，已经两年多时间。两年多来，刘凯请来了省教科院的专家，请来了棠湖中学的各学科专家，请来了退休老教师们担任督学……然而这一切，都是凭他的一己之力——仅凭着他对木里的感情和他的人格魅力，感染了大家，大家因为尊敬他，愿意为木里的教育事业做一些事情。换句话说，时至今日，仍然是他的"个人行为"，还没有上升到政府层面，也未能上升到棠湖中学集体领导层面。名不正则言不顺，因而无法形成帮扶机制，也无法形成系统的布局和规划。

最让刘凯担心的是，木里路途遥远，路况险峻，专家们来来去去，大面积的老师带过去，万一出现安全事故，怎么办？

你为啥要派老师到那里去？教育局很可能会责备我：你把自己的事干好就够了，为啥去揽这些事？

而事实上，当时已经有人在私下里议论了。

按当时的情况，再往下，单凭刘凯的一己之力，已经很难再长期持续下去，需要想一个什么办法，得到官方的认可。

伍松说：两年多来，刘凯帮得很辛苦，也很孤独。

电话之后不久，伍松来到成都，并请出了他的好友、著名作家阿来。

阿来和伍松同为藏族，有着相同的成长背景。当初，阿来上学的那个村小，也是群山环绕，与世隔绝。然而，若干年后，从村小走出来的不光有阿来，还有导航专家、医学教授等。

三人见面，一起讨论着该用个什么办法，让这件事情合法化。

伍松说：省委有个藏区办，能不能，通过藏区办打招呼？

省委统战部副部长刘平是阿来的朋友，而藏区办就属于统战部管辖。

三人即刻动身，去往统战部找副部长刘平。刘平听罢情况，当即表示，这样的好事，他当全力促成。不多日，双流方面，就有了明确态度。双流区委区政府表示：在不影响双流区对口援建巴塘的前提下，认同棠湖中学对木里的援建，但不纳入考核。

事后伍松解释：不纳入考核，原因是，如果纳入考核的话，一个是凉山，一个是阿坝，战线拉得太长，他们担心会影响双流全区的扶贫攻坚成绩。

而扶贫攻坚的考核，都是细化成各种表格，一项一项填报。谁也不甘愿落后于人。

只是，这样一来，棠湖中学对木里中学的帮扶，没有资料记载，没有表格报送，没有考核也没有成绩，真的就成了幕后英雄无名英雄。若干年后，这样的一番历尽艰辛的过程，这样的一桩感天动地的事件，是否还有人记得？

然而，回望初心，无论是刘凯还是棠湖中学的专家们，他们对木里教育的关切和付出，原本就是不计得失不求回报的。寻求官方的认可，仅仅是为了做起事来名正言顺。

至此，棠湖中学对木里中学的援助总算取得了合法资格，正式开始对木里的教育进行全面系统的援助。

即日，刘凯带领的棠湖中学九大学科专家团队，又出现在木里中学。

这一次，专家们前来，目的非常明确，全面介入木里中学高三备考。

当时正值2015年7月，木里中学新一届高三年级正在补课。专家们到达后，深入课堂，指导教学，上示范课。但重中之重，是对高三教师进行指导培训：如何制定高三学习计划，如何备课，如何解读考纲，如何出题，如何进行成绩分析，如何培优补差，如何对学生进行心理辅导……同时与高三老师结对子，将帮扶工作长期化，常态化。

棠湖中学英语教研组长李鹏说：他们的教学，普遍比较表层化、机械化，英语是一门语言课，如果就语言而语言，很枯燥。以前他们从没有这样去思考过：让语言与文化、语言与思维结合起来教学，课堂立刻就丰富起来了。

语文教研组长贺晓珍则说到在木里中学上公开课的体会。

语文课，既是传授知识，也是传授价值观，做人的道理。我跟学生们交流，要做一个自信的人，懂得珍重别人的人，对事情有规划的人……看到学生们的表情，很投入，很感兴趣。

上公开课之前，我把学生们分了组，告诉他们，要先做哪些功课。到上课时，平时从来不发言的，上台去发言了，做了预习，比老师想象的还仔细，有准备就有自信。当时是上一节文言文课，讲古代人物的称谓。课堂发言很踊跃，小组交流也很积极。学生们的表现让他们的老师感到很惊讶。

下课之后，就有同学找到我，说：老师，你不要走，继续给我们上课吧……

地理教研组长杨海波则说到他遇到的一个学生：二十岁了，补习了三年，还在补习。这种现象说明，第一，木里中学的老师对高考和课堂确实研究不够，效果不好。第二，木里中学的孩子很想学习，很渴望学好。山里面的孩子，很淳朴，很单纯，老师说什么就信什么，看着让人心疼。

从宏观到细微，从高考的整体把握到每一堂课的指导，深入地分析和了解之后，棠湖中学的专家们对新一届高三成绩做出了总体的评估和预测：这一届，根据现有情况看，考30人以上没问题，发挥好了，可以考40人以上。

评估数据一出，老师们笑了。

笑的是木里中学的老师们。棠湖中学的老师没有笑。胡启华和黄河也没有笑，但他俩在心里的反应是一样的：不可能。咋个可能！

黄河又在心里想：他们可能是在安慰我们。

从来都没有成功过，听见了这个数字，好比穷人梦见了金山，只有笑，也只能笑。

笑过之后，又陷入了沉郁。顾左右而言他，始终不接这个话题，不去触碰这个数字。

评估的过程是由棠湖中学专家组领队朱元根主任做主导。结论也是由他得出。朱元根是以缜密的思维和严谨的作风著称，在棠湖中学乃至教育界很受敬重。当他明白大家对他的评估结果不敢相信，只当成神话时，故意用了轻松的口气：

其实抓教学质量也不是那么难，明年考个10%，四百多学生，就是40来个。第二年考15%，50到60人，第三年考20%……按五个点的增长，不是没有可能。

此后几年的高考数据证明，朱元根当时的推算和设想并非凭空臆想，而是有依据、有逻辑、有可行度的。但在当时听来，确实如同梦话。

但人家朱主任是专家，既然他都这么说了，我还能说什么？至少口头上得硬起来。

管他成不成，先干了再说。黄河最后表态。

2. "范进中举"

黄河所不知道的是，听了朱元根主任评估出的数字，在心里打鼓的，不光是他和胡启华，也不光是木里中学的老师们，还有刘凯和棠湖中学的老师们。

棠湖中学政治备课组长张雪梅也是九大学科专家之一。回忆起那段经历，她说，当时提出2016年考40个，他们觉得没法完成，我也在心里担心，觉得难以实现。当时的那种情况，纯粹处于"散养"状态。我们按朱主任的布置，从听课到复习计划的制订，复习资料的准备和使用，整个教学的流程……全部重新来过，从头开始。而他们之前根本不讲这些，课堂上，讲到哪儿是哪儿。

变化不可能在很短时间内发生，所以当时听了这个数字，我心里也特别担心。

棠湖中学英语教研组长李鹏说，当时听了评估，他们（木里中学的老师们）都觉得是神话。我也觉得难。但朱主任做事很认真，也不可能随便说，心想只有努力，尽量做好，力争靠近目标，总是好事。

作为棠湖中学校长的刘凯，大概更明白这其中的可能性和难度。专家们在木里扎实工作了一周，回到棠湖中学，刘凯又马上召集会议，"下死命令"，要求每个学科组长，与木里中学的教师结对子，一对一保持联系，同时建立QQ群，将复习资料、考试题等信息同步共享。

双流与木里之间，刘凯与黄河的电话又成了热线。

高三的作息时间，就是你的作息时间——这是刘凯对黄河提出的总体要求。

你要晚上查，白天查，你要走进教室里去，跟学生面对面交流，要激励他们，鼓动他们。校长的鼓劲，跟老师们是不一样的。

你要陪伴学生一年，让他们感到，你随时都在他们身边。

每次的诊断考试，你要严格监控，了如指掌。

……这是刘凯对黄河提出的具体要求。

随时叮嘱，不断叮嘱。老是说，反复说。就像用一把锤子，一条鞭子，随时敲打着我的神经，弄得我半点也不敢放松。睡觉都像是睁着眼。

又到了2016年6月22日，又到了高考成绩出炉的时刻。

照例的，晚上9点钟，木里中学教导处灯火通明。从校长、分管副校长到全体中层干部以及班主任和部分教师，都会集在这里。所有的电脑都开着，大家分散地站在每台电脑前。胡启华和黄河早到了，置身教师堆里，时坐时站。10点多，信息开始公布，班主任老师忙碌着，一个一个成绩查出来，一个一个记下。当到达20人时，大家不语，用眼睛代替话语，用眼睛传递着各自的感受。这第一个关口，终于越过去了。"前无古人，后无来者"的预言就此被打破。30

人时，又是用眼睛，扫描仪一般，转了一周。30人，从未有过的数据，想都不敢想的数据。到达35人时，心在跳，眼里的温度升高：36、37、38、39、40……40人了！终于，达到了，40人！

真的，达到了，40人！

可是，还没有统计完，数字还在增加。再往下，41、42……

42人啦！

成绩查询结束，屏幕上已成定格。大家依然无话。就像当初一样。就像去年一样。动弹不得，不能言语。就像被抽掉了筋骨一般。大战归来，尘埃落定，就是这种感觉，除了瘫软，再没有别的反应。

42人，硬上线……有人反应过来，梦呓一般，说。

可能是，近十年来的，总和……

胡启华的声音突然炸响：

必须庆贺！烟花买起！

跟着又道，只要礼花一放，全县都晓得了，木里中学取得了好成绩。

那天晚上的庆贺近乎癫狂。礼花升空。每一个人的眼睛都是一筒礼花，射出耀眼的光和热，相互触碰，相互交织。大家互道庆贺，又互道庆幸。酒斟满，举起杯，碰响，干掉……话未出口，泪先涌出来。太多的泪水，整整积攒了一年。整整积攒了两年多。整整积攒了一生一世……从来都没有成功过，当成功降临，原来竟有疼痛的感觉，原来竟是如此复杂如此难以言说。只有泪水畅流。只有泪水能够代表一切说明一切。

那天晚上流泪的人太多了。胡启华、黄河、刘宗林、周军、年级主任王友春……大家都流泪时，泪水就有了特殊的含义，流泪就不再难为情，流泪就成了天底下最美的表情。

那天晚上的山脚下，木里河里，都是木里教育者们流下的热泪。

那天晚上的酒杯里，酒和热泪，混成了一种奇特的酒。

那天晚上黄河都说了些什么，酒醒之后，他已经忘了。单记得他对年级主任王友春说过的话。当初起用王友春任年级主任时，颇有争议。有人说她能力不强，难以胜任。而这一届高三，先不谈成功，但绝对不能失败了。

可是，放眼木里中学，能用的人确实不多。

胡启华和黄河最终商议：她的责任心强，就凭这点，我们用责任心强的人。

这是一种冒险，有极强的赌的意思。然而，又是最保守的选择。

再也不能失败了。所以，再也不敢把担子交给不敢信赖的人。

任她为年级主任那天，黄河对王友春说：你是木里中学有争议的人，但我信你。你是责任胜过能力的典型代表，我相信你一定会干好。

一年过去，王友春是怎么拼过来的，只有黄河明白。

那天晚上，黄河又走过去，举了杯，对王友春说：

你创造了历史，否定了"前无古人，后无来者"的说法。

王友春泪流满面，一句话也说不出。

这个结果不光让这些奋力拼搏的人说不出话来，也让那些一旁立着看笑话的人说不出话来。

也让那些曾经说我们的改革是乱整的人说不出话来。也让社会上那些持怀疑态度的人，一些家长和旁人，说不出话来。以前他们认为，木里中学就是一个打架斗殴的地方。

黄河还收到一位家长发来的短信：县中学还是可以教出好成绩来的嘛。

棠湖中学那边，刘凯是第一时间知道结果的人。紧跟着，棠湖中学的专家们，朱元根主任，以及所有支持过木里中学的老师们，黄河一一发短信报喜致谢。

还有省教科院的专家们。

黄河的短信是这样发的：太激动了，今年我们考了42个，感谢你们的支持和帮助，感谢有你！

期末，学校放暑假了。胡启华和黄河带着教师队伍前去棠湖中学报喜感恩，同时送新一届高三教师前去跟岗学习。当晚设下宴席，盛情感谢刘凯校长和棠湖中学的专家们。

酒杯举起，黄河走去刘凯跟前，胡启华也同时起身，去到刘凯跟前。

两人恭敬地站好了，准备致谢。

黄河的话含在嘴里，尚未说出，刘凯先开了口：

我已经听说了，你们在木里，喝酒，放烟花，把天都闹翻了，觉都不睡，闹了一个通宵。

语气不对，脸色也不对。所有的人都静下来，警觉起来。

也是，去年只考了7个，今年考了42个，一下子增加了三十几个，没想到吧，天上掉馅饼的事，被你们遇到了，范进中举似的，疯了。

在座者，杯子举在半空，又放回桌上。筷子伸到半路，又折回来。大家看着刘凯，都有些惊讶。

　　刘凯不理，又道：你们今年的成绩，跟往年比，跟历史上任何一年比，确实不错。但是，以你们的生源，与外面的水平比，差太远了。外面这些学校，你随便去问问，哪个不是40%，起码都是40%。按40%算，你们该考多少？160个！你们才考了多少？你们值得高兴吗？就庆贺了，就忘乎所以了，觉都不睡了？

　　刘凯加重了语气：不要得意得太早。接下来，给我赶紧考虑下一届。从高考看，至少要抓6年，从初一抓起。给我马上开始整顿初中！

　　黄河石柱子一般，一句话也说不出来。只有脸上的泪水，小河一般流淌。他端端地站着，等刘凯说完，然后一仰脖，把杯中的酒饮尽，坐去了一旁。

　　酒席散去，回酒店的路上，黄河还沉溺在刚才的挫折里。黄河说：干不起了，没意思，这么辛苦还要挨训。

　　胡启华走在一旁，也不答话。半晌，道：我撑起的嘛。

　　胡启华的意思是，黄河挨训时，他陪在旁边。尽管他没说话，尽管刘凯训的是黄河，但接受训斥的，是他们两个人。

　　他不能多说什么，只能陪着黄河挨训。而且，在胡启华的心里，他大体也明白，刘凯为什么要在这样的时候训人。

　　黄河则是后来才想通的：

　　2015年，我们只考了7个人，凯校啥话没说，只给我们打气。怕我受不了，还天天给我打电话，叫我不要多想。2016年，我们考了42个，一下子增加这么多，反倒挨训。他是怕我们翘尾巴，稍有松懈，成绩就会掉下去。他是以一个老将的经历，看出这才是最关键的时刻，而不是该庆贺的时机。

3. "西天取经"

说到外出学习，木里中学的老师们以2014年为界，称为之前和之后。

之前也不是完全没有外出培训学习的机会，但很少。

木里中学副校长刘宗林是数学老师，2002年从茶布朗镇调至木里中学；印象中，从2002年到2013年，十几年间，只参加过一次培训，2006年到南充师院参加"四川省少数民族地区初中数学培训班"学习。

年轻的教导处副主任赵建超说得更直接：以前就是闭门造车。本来就隔得远，又从来不走出去，啥都不懂，只晓得埋头苦干，后来才知道，要以学生为中心，讲练结合——埋头苦干不行，还是要讲方法。

闭门造车的必然结果就是坐井观天，夜郎自大。

教研室主任周军是木里中学高81级学生，西昌师专数学系毕业后回校任教。一辈子大部分生涯都在木里中学，周军这么总结自己。

周军说，木里中学的改革，从头到尾，我都是亲历者。当初把棠湖中学的模式引进来时，人家来的都是一线老师，专家级别的，我们当时的水平跟人家比，帮人家提鞋都不配。可是，我们这里的人，还说"杀猪杀屁眼还是杀喉咙，各有各的杀法"，不服，不听人家的。

周军讲到一个插曲。2014年春季学期，刘凯校长带着省教科院的专家来学校指导，人还没到，老师们私下就说开了。说刘凯校长，你自己的学校不好好管，跑到这里来鬼事多。又说那些专家，有本事你来干吗，木里中学的娃儿本来就差，咋努力都教不好。你来教教试试？

确实这样，周军说，2013年之前，上高三的老师们好拼哦，晚上第一节课上完，第二节、第三节……今天没把这个内容讲清楚，就不下课。总认为自己讲了，学生就懂。其实哪是这么回事，学生就算听懂了，但练的时间不够，也不行。

从2015年开始，木里中学与棠湖中学达成共识，每年的新一届高三，组织老师到棠湖中学跟班学习，了解高三的备考工作全过程。但木里的老师不愿去，说天气热，受不了。加之2015年高考成绩差，大家缺乏信心，对改革的前景深表怀疑。因此当年的外出培训计划最终流产。

2016年7月，又到了送高三老师去棠湖中学跟班学习时间，消息传开，没有一个老师表示不去。

事实面前，老师们已经意识到，当年的这个"42个"，是想都不敢想的事，居然办成了，实现了。是不断请专家进来的结果，也是学习和改变的结果。成绩考好了，老师们才可能拥有利益和尊严，而专家们才是给他们带来利益和尊严的人。

　　也是从这一年开始，木里县每年拿出一百万元，作为教师培训的专项资金。

　　请进来和送出去，作为教学改革的重要内容之一被确定下来。

　　请进来：每年请省教科院、棠湖中学、攀枝花各学校的专家和老师到木里中学讲课和指导，举办各类讲座；督学团队的老专家们每年到木里中学四次，春秋两期各两次，每次至少一个星期。

　　送出去：每年的暑假和彝族年两个假期，送教师到棠湖中学培训学习。

　　去到棠湖中学的高三教师，则采取"师带徒"的跟班学习方式。

　　棠湖中学语文组组长贺晓珍既是多次去木里中学的学科专家，也是"师带徒"的"师父"：

　　他们过来，全跟班，从早到晚。先听课，听完课到办公室交流，让他们明白为什么这么安排，课前准备，课后延续，让他们参加教研会，去外面开会也带着他们去，让他们全程见识。试卷怎么分析，命题怎么命制，阅卷后，根据考卷情况，如何改进和提升……真的是手把手，每一个环节都不马虎。

　　棠湖中学英语组组长李鹏也是带徒弟的师父，说到她的徒弟，车梦德，很年轻的一个教师：刚开始，教学非常拘谨，打不开思路，而且表层化。跟班学习两周后，结业课那天，正好有宁南中学的老师来听课，由车老师上。上完课后，宁南的老师说，以前从来没听过这样上课。真的是提高非常大。

听课，备课，讲课。起初不敢去棠湖中学的课堂上讲课，不好意思，缺乏自信。后来刘凯校长说，不光要走进课棠，还要站在他们的讲台上，才能学到他们的教学理念和方法。于是木里中学的老师们，开始尝试着站上棠湖中学的讲台。

有一个语文老师，站上棠湖中学的讲台后，开始讲课。开场白讲得非常好，把老师和学生都吸引住了。课讲完，到学生提问时，棠湖中学的学生，思维非常活跃。起初还能勉强应对，最后实在难以招架，只好直言：这个问题我确实没有准备好……再回去，备课时就认真多了，用心设计各种可能，教学的水平明显提高。

考纲解读是高三老师们跟班学习的重要内容之一。以前的木里中学，各自为政，几乎省略了这个环节。而棠湖中学的考纲解读，需要做好几天。"徒弟们"全程参与，看师父们做，把方法拿过来，再自己学着做。

跟班学习的效果有目共睹。

贺晓珍说到一位名叫何苗的年轻老师。

变化太大了。她刚来时，刚分到木里中学，还处在从学生到老师的转变之中，什么都不懂。但她勤奋，好学。四年时间，现在已经是语文备课组长。

棠湖中学政治组组长张雪梅则说到她的徒弟：

　　有个叫吴文艺的政治老师，跟班学习后，真的是非常棒。课上得非常好。她当时在我们这里上完课后，就有学生去跟她说，老师，你要走吗，可不可以留下来？后来参加西昌的赛课活动，得了二等奖。在上海也有一所学校想要她，她拿不定主意，跑来问我，我帮她分析，一是她老公在木里工作，没那么容易离开；二是上海真要立下足很不容易，现实的问题太多；三是学校现在很需要你，对你也很重视，建议你不要走。最后她留了下来。

　　如今，棠湖中学为木里的教师培训制作了一整套的教材

教程，已形成体系。前往棠湖中学培训学习的队伍也逐渐庞大，少则七八十人，多则一两百人。起初是新一届高三教师，后来是新入岗教师和初三、高三教师；再后来是所有教师，分阶梯培养，再延伸到木里全县各学校骨干教师。最多的一次，2018年暑假，由现任教育局长刘建波带队，参培人员达一百五十多人。

4. 目标60个

一般而言，教师们任课都有一个周期，三年一轮回。高中三年，从高一接手，送至高三毕业，参加完高考，再回过头来接高一。一个个周期渡过去，教师们桃李满天下的同时，自己也就老了。

所以有言"蜡炬成灰泪始干"。其实没那么伤感。泪在这里不代表泪，代表一种流淌，一种经历的全过程。万事万物，都有这个过程。都是从此到彼，从盛到衰，从充沛到干涸。不同的是，在这个过程中，有付出的同时是否有收获，收获又分大小。由此构成人生价值的不同。而桃李满天下，则是对教师们最具象的肯定。

反之，如果经历了这个过程，却无所谓桃李，更无所谓"满天下"，于己无益，于人耽误，则无异于"虚度"，则被视为教育者最大的悲哀。

以这样的观点看教育，没有一个教师可以例外。没有一个教师不希望自己教出好学生，拥有好成绩。

2014年，取得了高考硬上线"20人"的好成绩，创下了木里中学"历史纪录"的夏老师，又接手高一，依然担任年级主任。这期间，分为几个阶段：2014年7月到2015年6月，一切正常。2015年6月，木里中学高考失利，老夏的骄傲更甚一成。2016年，木里中学高考硬上线42人，轻易就打破了老夏"前无古人，后无来者"的断言。

2016年暑假，由胡启华带队前往棠湖中学跟班学习。动身前，老夏话不多，只收拾行装。去了，该干啥干啥，尽心尽力，话也不多。其间，棠湖中学的专家们通过分析，又做出评估预测：2017年，木里中学高考硬上线人数应达60人。

一听到"60"这个数，老夏从椅子上跳起来，又坐下，又起来，问：是不是哦？

其实，早在2014年暑假，棠湖中学九大学科专家第一次来到木里中学，就曾对木里中学的近几届生源做过分析，得出的结论之一是：从中考成绩看，2017年届高考硬上线人数可达60人。

当时的现场，没有人对此表示出更多的异议。或者说，没有人当回事。都当作天书在听，讲笑话，说大话。不必当真。口头上黄河还是表过态的：如果能考上60个，那真是了不得哦。

黄河的话更多是客气。对棠湖中学的专家们表达敬意。态表了，心意领了，心里根本就不相信。口头上都不表个态，难道说，我们肯定不行？那老师们更没信心了。黄河事后说。

老夏当时更没有在意。一方面，他当时沉浸在笑傲江湖的巨大喜悦之中。另一方面，无论他当时是否细想过，他已经给出"前无古人，后无来者"的断言，客观上，也就做出了预判，包括他自己在内，也未必能再度超越"20个"。

后来的事实证明，两年之内，他的预言失效。

两年之后，当老夏再度听说，他负责的2017届，评估目标是"60个"时，他的感觉何其复杂，何其难以言表！然而，专家们的分析和评论也不是凭空而来，至少2016年的事实证明，他们的评估和预测极具科学性。老夏选择了不说话，听他们说。反正，该表态的也不是他。

黄河听了专家们的话，将信将疑。口头上肯定不能说不行。也不敢说行。只好含糊其词。作为权威，朱元根说，必须考60个，考不到就是失败，差一个也不行。

评估会后，老夏对黄河只说了一句话：没办法了，只有回去闷头干。

黄河强打精神：管他呢，先干了再说。

回到木里，离开了有专家们在的气场，黄河的底气先没了。

开会时，黄河不敢再说"60个"：怕说出口来，伤到老师们，也让人反感。

黄河想了又想，小心翼翼，道：底线42个，目标60

个……42个是当年的数字，也是底线。在黄河的心里，不能低于这个数字，低了就叫倒退。至于能增加多少，他心里实在没底，也不敢奢望。

底线说出来，黄河的心里又纠结起来：我说的底线，并不是目标，目标是60个，我们必须按这个数去努力。如果尽力了，实在没有达到，我也不会怪你们。但话说在前头，60个才是目标，大家还是要按60个，细化指标，落实任务……

接下来的一年，拼命的程度可想而知。但谁都不敢去碰那个"60"的数字。仿佛它就是雷区，所有人都知道它在那里，远远地就绕道避开。

但所有人都在惦记着它。

2017年下半期，最后冲刺的时间就要到了。又请来了棠湖中学的专家们。黄河在家里设下宴席，把高三年级主任老夏和负责包干高二年级的新任副校长曾泉一并请来。从饭前到饭中到饭后，大家没聊别的，都是高考，怎么抓，怎么才能落实指标。

"60个"被专家们再次反复提起。

酒过三巡，趁着酒劲，老夏这才接过话茬。那之前，从家宴开始到现在，他是听得多，说得少，喝得多，吃得少。老夏是木里人，几十年教书生涯，把青春和热血都献给了木里中学。有荣耀有失意，有欣慰有哀愁。但相比之下，资历深，经验丰富，加之又取得过骄人成绩，总归是得意和骄傲的。只是，转眼之间，他深信不疑的那些经验，那些理念和方法，连同他的骄傲和尊严，被冲刷得七零八落。他当然感到难以面对。

可是这两年，木里中学从内到外发生的变化，即使他闭着眼睛不看不问，他也不可能否认。他在内心经历着剧烈的震荡和撕裂。究竟该怎样看待这场正在发生，无论如何也无法回避的改革？而他自己就身在其中，无论他是否愿意，他必然会被这场巨浪裹挟着，翻腾淘洗。

目标60个，想一想他就感到一阵刺痛。不光是无望，还有无路可逃的恐惧和无奈。感觉就像被一支枪逼着，押上擂台，去进行一场毫无胜算的博弈。

此时，他端起酒杯，借着酒劲，也没能说出硬朗的话，只道：好嘛好嘛，我们就按这个目标去奋斗嘛。

话里话外，都是无奈和担忧。仍然没敢去碰那个数字。但话既出口，总算是领受了任务。

谁知，一旁的曾泉借了酒兴，豪情万丈。他接过老夏的话，脱口而出：你干60个，我就干80个。

黄河一听跳起来：好，就按这个目标，就干80个，一言为定，来，干了。

老夏再也坐不住了。脑门发烫，血流加速。他立起身，举了杯，用了壮士断腕的语气：好，60个就60个，干成了放火炮，干不成，就不放！说罢一饮而尽。

第二天酒醒后，叫苦连天的是黄河。他不是为了夏老师，而是为曾泉。高考就好比种庄稼，成熟一拨，收获一拨，但还没有成熟的，长在地里的，收成如何，农人的心里也是有数的。2018届的高中生，正是2015年中考的生源。而这一年，因为高考失利，优生特别少，算来算去，顶多也就三十来个上线生。那天曾泉在酒桌子旁瞎起哄，黄河当时也喝了酒，头脑也有些发热，顾不及去想前因后果。等到第二天，冷静下来，这才意识到问题的严重性。

这个曾泉，放大炮！这一炮放出去，该怎么收场？

好在眼下为时尚早，还有一年时间，只有走一步看一步，先对付这"60个"再说。

5. 去留之间

胡启华2016年初辞去木里中学校长职务，由黄河接任。2016年10月，换届前夕，胡启华被提名为副县长候选人。12月30日，由县人民代表大会选举通过，胡启华正式担任木里县政府副县长。

据刘凯校长所知，早在胡启华主动要求兼任木里中学校长职务之前，组织部门已把他列为后备干部，已在考察他了。刘凯校长曾经还为他担心不已：万一搞砸了，会影响他的提拔。

好在木里中学的改革历尽艰险之后，确实有了成效。胡启华有惊无险地闯过了关口。因此胡启华以为，他能升任副县长，与他担任教育局长期间"工作干得不差"有关。离开教育局长岗位，前往担任副县长之际，胡启华感慨万千。他的感言后来被黄河发到了朋友圈：

今天下午在组织部郑洪波部长的主持下，将教育局的工作交给了新任局长刘建波同志。就具体工作而言，算是暂时离开大家了，离别之时颇有一些感想与大家交流。2011年5月，组织安排我到教育局工作，至今已整整六年了，是我工作过的五个单位中，工作时间最长的一个，也是五个单位中最苦最累的一个。甚至一段时间我感觉自己干不了，退缩和逃避的想法都曾有过。但最终我还是说服了自己，战胜了自己，没有向组织提过换岗位的要求，也没有在同事们面前流露过自己的苦衷。因为我知道，如果我都没有信心了，还有什么资格和理由要求奋斗在教育一线的一千多位同事充满信心、满怀激情把木里教育干好。

回首从事教育工作的这六年，2000多个日日夜夜，所经受的苦与累、伤和痛，如今已全部转化为动力和自豪！我深深地爱上了这份教育事业，我发自内心地愿意为木里的教育做一切我能做的事情。

回首从事教育工作的这六年，是对同事们不尽的感激……多亏同事们的理解支持与帮助，才让我很快掌握了工作的方向，逐渐有了工作思路和计划。

回首从事教育工作的这六年，我认为自己是一个非常幸运的人，这个时期各种有利于木里教育发展的好机遇叠加。首先是国家对边远民族地方教育的关心支持力度空前加大；再有是县委县政府对教育发展空前重视，全县财力支持教育的能力空前强大；再有就是各种外部力量对木里教育的援助不断加大……我赶上了这样一个好时代，才使我在这条路上走得虽然很劳累，很辛苦，却满怀激情，充满希望。为此，我感到无比幸福和自豪……

担任副县长职务后，顺理成章，胡启华继续分管教育。然而几个月后的2017年5月，由于原分管交通的副县长调任常务副县长，当时又正值脱贫攻坚的关键时期，交通方面任务很重，县主要领导认为常务副县长的精力有限，顾不过来，胡启华被调去分管交通。教育方面，则由原分管副县长阿央青继续接手分管。

2017年到2018年间，木里的交通建设任务"非常非常重"：全县的通乡公路全面开工，通村公路全面建设，当时的主要领导可能还是相信我的能力，把最艰巨的任务交给我。胡启华回顾起当时的情形，几乎词穷，只能将简单的词重复使用。

当时的交通工作，确实是打硬仗。目标和工作都是硬碰硬。要求什么时候完工就必须完工。胡启华在分管交通时还受到了处分。那是因为博窝乡关机村一段公路的进度问题。

施工现场在4000米以上的高海拔地区，气候恶劣，完全无法掌控，雨雪和风霜随时降临。而任务必须在6月底前完成。胡启华管辖的工程未能按时完成任务，因此受到处分。

胡启华说，木里的地理环境与外面完全不同，很多人未必了解这点。所以分管交通受处分是常事，再正常不过。活干得最多的，受处分最多，这也是常事。

他说受处分吧，说有道理也有道理。工期定下了，就该按计划执行。至于计划订得合不合理，那是另一个问题。

胡启华的心态出奇地好。

2018年6月，按上级要求，木里境内"乡乡通油路，村村通硬化路"任务达标，顺利通过验收。而教育这边，义务教育均衡发展的各项目标推进缓慢，2019年的省级评估检查却在步步逼近。

8月，胡启华又被调回来分管教育。

说到那时的情形，胡启华说：之前就得知有可能，又让我回去管教育。我当时表面上不置可否，但我没表示不接受，一个重要的原因，我是发自内心愿意分管教育。很多人不愿意分管教育，觉得压力大风险大，指标具体，利害得失明显。但我在教育上时间长，又有很重的教育情结，口头上不置可否，但我心里是愿意的。

可是，真到了调他回去分管教育时，胡启华的心里又有了起伏。

说实话，当时已离开一年多，调我回来，内心还是有些怨言。交通最恼火时，让我管交通，教育推不动时，让我管教育。但也只有服从。再说离开教育口去分管交通，一年多时间里，心里还是放不下，很关注教育。见到教育方面的人，那些校长些，都很熟，见了面，总要问起教育上的情况。下乡去，也要到学校去看看，跟大家聊一聊。只不过，以前是以督促检查的身份去，后来去了，纯粹是关心，发现问题，从交流的角度提出来，工程建设、教学管理等，大家都愿意告诉我，我也是知无不言，言无不尽。

胡启华2018年8月底回来分管教育，当时的境况是，义务教育均衡发展项目推进缓慢，全县有大大小小六七十个项目需要开工，作为县长的伍松心急如焚。9月，由伍松出面，召开了一个义务教育均衡发展项目推进会。参加会议的人员极为广泛，有教育局、发改局、规划局、国土局、环保局、水厂、电力公司、消防大队等相关部门领导及业务人员，还有新建项目所在地乔瓦镇、李子坪乡等乡镇的相关人员。

县长伍松在会上宣布，木里县成立义务教育均衡发展项目推进领导小组，由胡启华任组长，所有工作由他牵头。并就相关部门如何支持项目推进工作，提出了具体要求。要求所有部门无条件支持项目推进，做到零障碍零阻工。胡启华在会上的表态则大胆而诚恳，充满了义无反顾的决绝：

这么大的工程量，要在一年之内建成，从过去木里的建设规律来看，是从未有过的，反正没开过先河（因他刚从分管交通岗位上调过来，所言极具说服力）。但我会尽最大努力。建成了，在木里算是奇迹。建不成，我也无能为力。要承担责任的话我只有承担。

从2018年10月到2019年7月，距离省级评估时间，不到一年。按我管交通时的经验，要完成，不光要拼，还要天气作美。要完成，真的是奇迹。我也不敢说能够完成，但后来确实非常非常尽责地去推进。事后胡启华说。

所幸的是，最终，在规定的时间内，所有目标任务全部按期完成，省级评估验收，以高分通过。

胡启华再度在他的岗位上创造了奇迹。

刘凯校长在说到胡启华这几番来回周折时，也十分感慨：

当时黄河去木里中学任职时，害怕他（黄河）镇不住，主动去兼任校长。如果搞砸了，完全有可能影响提拔。换了谁都会权衡再三。但他没想这些，只想着去承担责任和压力。后来他任副县长，正是2016年高考成绩出来后不久，他本来是管教育，教育方面的情况也很熟悉。可当时交通扶贫任务敏感，有问题，让他去管，他去了。后来交通方面理顺了，教育这边，均衡发展受批评，再不过关要处理人了，结果又让他回去管教育。从个人利益出发，谁也会推一下，权衡一下的，他却一口应承下来。

6.再拼"80个"

　　2017年6月22日晚，高考成绩出炉的时刻。木里中学教导处，人员再度聚集。黄河的办公室里，除黄河之外，有刘宗林、周军、夏老师三人在场。胡启华那时已调去分管交通，第一次，在这样的"紧要关头"，胡启华缺席。

　　人不同，所受的煎熬依旧。电脑里的名字一个一个出来。每一个，都伴随着剧烈的心跳。到达50个时，人已经坐不住了，都站起来，弯下腰，去看统计表格。一堆男人的脑袋，堆在一起。稍后，又起身，舒口气，再回来，又堆在一起。

　　目标越来越近。51、52、53、54、55、56……

　　到56时，心跳已变成机关枪的节奏，突突突，只听见连发的声音。心跳声响成一片。目标近了，看起来，想都不敢想的事，眼看就要成为现实。各班主任还在往电脑里输入数字，再由数字组成考号，等着成绩出现。每一个考生成绩的查询，都需要一定时间，每一个木里中学考生的名字露出来，都好比大海捞针。黄河等在电脑前，感受着时间被拆开来，变成了沙粒，一粒一粒，数不清的数量，漫长得难以忍耐。好在大海里沉浮久了，已经有了经验，能够耐着性子，一粒一粒，数着分秒，等着一枚枚"针"捞上来……

　　一个，又一个。然后，时间突然凝固了。

　　电脑屏幕上，已成定格。

58个。

当尘埃落定，只有58个人时，老夏的脸色陡然变了。他咚的一声坐进椅子里，又起身，解开衣扣，半脱了，挂在膀子上。他用手臂上的衣襟扇着风，越扇越快。6月的木里，早晚时常需要加一件单衣。老夏袒露着胸膛，汗水从额头下来，穿过腮帮，扎进脖子。

黄河的心里也是七上八下。有欣慰，又有一个巨大的空缺，未曾填上。

怎么办？老夏喃喃，不像在问别人。

黄河接过话道：酒还是要喝噻。

黄河的手机响了，是胡启华打来的。那天晚上，胡启华有接待，他人在桌前，心思却挂着这一端。

好多个？胡启华单刀直入。

58。

也不错嘛。胡启华的声音呈发散状，烟花一般。又道：干得好，酒要喝，火炮要放响。

好，放，我马上组织。黄河说。

忘情时，他俩都忘记了，这时候，胡启华已经不再分管教育。他俩仍像之前一样，一个主事，一个执行。一个是另一个的支撑，一个是另一个的猛将。两人，又互为战友。

那天晚上，木里的夜空又升起了烟花，木里人的耳朵里一片炸响。第二天，满大街的人都在说，木里中学又放火炮了，今年，又考得好。

　　转眼间，就到了由曾泉包干的高2018级成为新一届高三年级。

　　这一届的学生，之前说过，因为入口的生源不佳，根据长期掌握的情况看，仅有30多个上线生。而这一届的师资情形更加严峻。暑假期间，就有十几个教师辞职离开，余下的东拼西凑，重新调剂，勉强凑齐了数量，水平实难保证。

　　咋个整，咋个稳起？而稳不起的话，人家会说你们是靠运气吃饭。

　　莫得法，只有背水一战，破釜沉舟：低于58个，社会不会答应。就按58人的目标，拼了。

　　没人再敢提起曾泉曾经说的那番大话：80个。这太像放大炮，太不负责任了。相比"58个"，多出二十几个。而"20个"，三年前，还是奇迹，还是放卫星，还是创下了"历史纪录"。何况这一届，我们的家底只有30来个。30与80，相差一倍多。真是想都不敢想的数字。

　　偶尔，私下里，黄河还是会想起曾泉的话：80个。想起来时，心里的滋味很难受，很难言，免不了又要怪他：说大话，放大炮，真是惹麻烦不怕事大。仿佛曾泉说出这句话来，如放了个"蛊"在他心里，把他的魂勾去了，想放也放不下。

　　然而，回到现实，面对现实，除了拼，还有什么办法？想再多也没用。

拼是毫不含糊的。所有人都拼。又请来棠湖中学的专家指导。所有的资源和支持都调动起来，所有的办法都用尽了。还有一点特别重要，那就是老师不光督促学生学习，还强调陪伴学生，关心学生的生活，关心学生的精神状况和情绪，细心地引导，做好备考前的心理准备。

同样的一个团队，同样的一群老师，劲头拿了出来，整个状态大不相同。

2018年6月22日晚，等成绩时，夏老师的角色换成了曾泉。当查到40个时，大家不出声，相互看看，沉住气往下查。查到60个时，黄河心中大喜，说：可以喝庆功酒了。可是曾泉不说话，只看一眼黄河，又转过眼去，喊：继续查继续查。

众人按捺着，不语。心速又快起来。上线数量还在增加，但每增加一个，隔着好一段时间。等待的人心提起来，往上，再往上，放不下去。

一个又一个。

数量还在增加。

曾泉一直不语，死盯着电脑。到第80个时，曾泉的上衣掀开了，幕布一般叠在两侧，露出大面积的胸膛，喊：今晚上可以干酒了。

众人起身，准备欢呼了。可是，数量还在增加，又有班主任老师报来一个，再报来一个。

最终，木里中学本科硬上线，82人！

黄河早站起来了，团团转。又像不认识一般，看着曾泉，突然道：你个曾泉，你个曾大炮，放大炮，说大话，你晓不晓得，你这个大炮一放，差点害死我了。我当时听了就很反感，你这么说，凭什么，一点也不切实际……

黄河已经语无伦次。

当晚，曾泉建了个QQ群，一下子发了800块钱红包。

是给高三的老师们发的。生源不好，师资不够，但大家干出了好成绩……

意外取得的好成绩，让黄河感慨万千。尤其难忘的是两

位攀枝花的援藏老师。其中一位叫邱强生，攀枝花七中的数学教师。援藏教师的周期为两年。邱老师来到木里中学任教一年之时，正遇上高2018届进入高三。当时有个教高三快班的年轻教师工作状态不好，经常请假缺课。黄河找到年轻老师谈话，向他呈明木里中学的师资紧缺现状及面临的严峻现实，希望他安下心来，不要再请假。可年轻教师明确表示：我不可能家里有事不请假。黄河明白他是去意已决，正在想办法调离木里，无奈之下，产生了换下年轻教师的念头。

可是换人的话，由谁去接任？想来想去，根本找不到合适的人。有人推荐了邱强生。黄河找到邱老师，对他说：这是个好班，压力大得很，关系着整个今年的胜败，如果这个班考砸了，很可能又出现2015年的情形，只考几个人……你能不能把这个班接下来，把班主任当起来？

黄河事后承认，当时他的心里也没有底。大家的心里都没底。不知道邱老师会不会尽力，也不知道他能不能把班主任及数学教学工作都担下来。当时找他谈话时，邱老师也不多言，只道：我尽力嘛，我尽力把这个班搞起来嘛。

简单的一句话。之后，邱老师开始从早到晚泡在学校。木里中学的老校区（初中学部）在县城中心，而高中部所在的新校区，在距离县城三公里之外。为方便生活，学校把所有的援藏教师都安排在初中部居住。邱强生接下高三这个班后，不再回初中部了，就在高中部找了间房子住下来，从早到晚陪伴学生，整整坚持了一年。由此带来了两个明显的变化：一是这个班的数学成绩明显提升，二是所有高三年级的老师受他影响，跟着他学，从早到晚泡在学校。老师们私下里说，人家援藏老师都坐得下来，都这么卖力，我们还有啥说的！

毫无疑问，邱强生带领的班，取得了好成绩，全班34人，硬上线30人。

黄河事后说，如果不是邱老师的带动作用，如果他任教的这个班，稍有闪失，2018年，肯定考不上82人。

另一位教师名叫何正江，攀枝花七中援藏的地理老师。木里中学的教师紧缺是常态，而地理教师的紧缺程度，常常到达无人上课的地步。何正江来到木里中学后，担任高三年级的地理教学，一人当作几人用，一人担任好几个班的地理教学任务。高考成绩下来，地理成绩出人意料地好。

好成绩的取得，是所有人拼命的结果。所有人，包括这些为木里中学的孩子们付出辛劳的援藏教师。

我们赢了。这是曾泉后来常说的一句话。我们生源没他们好，老师也没他们整齐，但我们赢了……曾泉的这句话，是感慨，也是针对着夏老师说的。他还记着当初，跟老夏较劲。

那之后不久，黄河遇见夏老师，远远地，老夏站住了，说：黄校长哦，不要干太猛了，干上去以后下不来哦。

话说得婉转，含义十分复杂。还带着些伤感。但服气是明显的，也传递出了真诚，打心眼里，他是认同了改革，也认同了黄河此人的干劲和能耐。

第七章　百人大关

1. 选课走班

木里中学的"选课走班"实施于2017年春季，比棠湖中学仅晚一年。而棠湖中学的此项改革走在四川全省乃至全国前列，被业界视为"吃螃蟹者"。

棠湖中学的"选课走班"改革，有着异常艰难的决策过程。

"选课走班"，简单地说，就是以新高考办法和高中新课程为要求改革的一种新教学模式。新模式之下，学生可根据自己的意愿选择不同的科目，走进不同的教室，听不同的老师讲课，目的在于发展学生个性，培养多类型人才。风险则在于打破了传统的"行政班"制，管理难度增加，师资要求提高，对学生的自律性要求增大……一句话，原有的教学秩序很容易打乱。

因此，"选课走班"制改革从2015年提出以来，一直被整个中国教育界视为畏途，许多的名优学校浅尝辄止，始终推进缓慢。

而棠湖中学的"选课走班"制改革从2016年春季学期就开始实施了。

学导处主任朱元根是具体的设计者和牵头人。

朱元根说，"新高考"背景下"选课走班"已是必然，与其晚走不如早走，与其跟别人走，不如我们先走。

在朱元根看来，一所学校的品质，某种意义上由教研组的品质决定。因此学科教研组对教师的学习和成长负有责任。应把教师的发展提高到与学生发展同等重要的地位。同时应注意那些软实力的物质，应把教师的情怀、积极性和主动性变成动力，而非单纯地用制度管理。

这样的理念，是制度化管理下的升级版，非有胆识和创新精神，鲜有作为。

以这样的理念出发，在朱元根的牵头下，棠湖中学构建了一整套全新的教学教研体系，比如"三段教学""4.0T"等。

面对"选课走班"搞与不搞的问题，朱元根也经历了一个艰难而复杂的思考过程。

在考虑该不该做时，我的脑子里出现了三幅画面。朱元根说：

第一个画面，是哥伦布环球航行时的图景。

买一张船票，登上哥伦布的航船。哪里是岸，不知道，脑子里只有一个朦胧的关于远方的憧憬。任何对于精神世界的探索都带有不确定性。

第二个画面，滔天的洪水，一个人在里面挣扎。是顺势而行，还是逆流而上？其实人在洪流之中，最好的选择是顺势而为。如果永远是逆流而行，体力很快就会耗尽。顺势而为就是借力，不要去做无谓的抗拒和抵触。

第三个画面，悬崖边，浓雾弥漫，下面看不见底。问大家，敢不敢跳？大多数人都不敢跳。但结果你跳下去了，很多的时候，就是一块平地，地上铺满了鲜花。对新事物的态度，就是跳那一下的勇气。跳下去再回头看，小菜一碟。而勇气和决心，不是人人都有。

这三幅画面出现之后，朱元根觉得，"选课走班"的事该做了。尽管有不确定的远方，但它是顺势而为，而且这种尝试的勇气和决心，应该有。

那么接下来的问题是，走班教学，打乱了原有的教学秩序，会不会导致混乱？这是所有人担心的问题，也是"选课走班"被视为畏途的关键所在。

但朱元根通过一番思索，也想清楚了，不会乱。

他想到的是以改革开放前后的变化作为类比。

改革开放之前，人的行动受到各种约束，人去到哪里都要证明，要介绍信，没有证明和介绍信寸步难行。可是改革开放之后，废除了这些繁复的手续，人自由流动，想去哪儿去哪儿，想在哪里住下来就住下来，也没有乱，正常的社会秩序也没有坍塌。

由此他得出推论，行政班制度下的教学组织形式有利于管束，但走班教学组织形式也乱不了。

行政班是基于控制和束缚，寻找管理措施和策略，而走班是基于开放和自主寻找管理的措施和策略，两者相比，走班制是文明程度更高的标志，是进步的标志。

"选课走班"实施后，以自习课为例，不准派人去守，但秩序和效果比以前好了很多倍。这说明什么？说明了，应该相信学生，并在背后辅以相应的措施和手段。

棠湖中学的"选课走班"制实施于2016年春季学期。这之前，校长刘凯十分犹豫。当年开学时，正是棠湖中学搬入新校区之际。而搬校区犹如搬家，免不了要混乱一阵；选课走班是没有经历过的事，也容易造成混乱，两乱叠加会产生怎样的后果？

那段时间，刘凯校长举棋不定。

听说刘凯难做决断，棠湖中学的十几个骨干教师找到校长。刘凯坦诚说出疑虑，朱元根一一作答。老师们也表示，无论从思想上还是教学上，都做了充分准备。刘凯当场拍板实施。

"选课走班"实施之初，每一步都会遇到问题，但老师们没有打退堂鼓，没有一个老师提出要退回去。大家群策群力，探索着往前走。第一学期末，朱元根怀着忐忑的心情等待着考试成绩揭晓。最终，学生的成绩没有下滑，保持了平稳态势。而可以确定的是，不管是学生还是老师，在变革的背景下，民主意识、权利意识、为自己负责的意识都得到了激发。

一年之后的2017年春季学期，作为棠湖中学"嫡亲"关系的木里中学开始"选课走班"试点。

我们是仅次于棠湖中学的全省第二家。黄河说。我们当然是一方面受棠湖中学的影响；但另一方面，我们也想，反正这是大趋势，正因为我们这里条件不好，更要提前试点。

黄河将他就任后的木里中学划分为几个阶段：

一、2013年11月到2014年7月，推进安全管理专项整治，规范秩序，降低风险。

二、2014年7月，建章立制。

三、2015年，常规管理年。

四、2016年，质量提升年。

五、2017年，习惯养成年，从细节上做好。

六、2018年，团队建设年。组建了教师团队、行政团队、年级团队、班主任团队、教研团队等多个团队，增强交流与合作，强调协同作战。

自2016年起，在全面改革之外，木里中学开展了专项改革。

第一是教研改革：建立教研管理考核机制，将教研考核纳入教师待遇和职称评定。建立教研模式。

第二，不断探寻教学改革路径。推行午休制，督促学生中午休息好。高中生回寝室午休，初中生在教室午休。

第三，顺应新高考趋势，推进"选课走班"改革。

"选课走班"则是作为专项改革的主要内容之一。

木里中学的"选课走班"从2016年就开始筹备了。筹备期间，黄河参加了由凉山州教育局组织的考察团队，到浙江、上海等地考察取经。之后他又带着分管校长、中层干部及准备选课走班的年级教师等，到已进入实施阶段的棠湖中学实地学习。2016年寒假，黄河再次带领专门负责选课走班的教导处副主任、年轻教师赵建超，前往棠湖中学请教操作层面的具体问题。回来后，紧锣密鼓地实施起来。

做出这样的决定很不容易。黄河说，这一切的工作，都是在胡启华的督导之下推进的。但"选课走班"制刚推行不久，胡启华就调去分管交通了。即便如此，关键的时候，黄河还是会打电话给胡启华，听取他的意见。

木里中学的"选课走班"制是从2017年2月17日开始实施的。

当时最担心的是出现教学秩序混乱和教学质量滑坡，教师不支持不配合。没想到，教师们表现出异常积极的态度。实施后，教学秩序很好，也没出现想象中的困难和麻烦。

自2013年底木里中学新领导班子就任至今，在各种外力的合力作用之下，在各路专家的持续付出和悉心指导之下，经过三年多时间的努力，木里中学的教师队伍已经成长起来，有了较强的战斗力和挑战精神。

木里中学"选课走班"制改革及所取得的成效，得到四川省教科院及凉山州教育局的充分肯定。

2017年12月，四川省"选课走班"推进会在成都举行，黄河作为先行试点学校代表在会上做了交流发言。这是自二十世纪七十年代末高考制度恢复以来，凉山州的学校第一次在这样高规格会议上发言。黄河的发言得到与会专家和同人的广泛认同和高度赞赏，木里中学的名声也因此在全省基础教育系统有了影响。2018年4月，凉山州"选课走班"现场会在木里中学召开，省教科院院长刘涛亲自到会，并以基础教育学校管理为题，做了专题讲座。木里中学的改革意识及取得的成绩再次得到省教科院及全州同人的认可。至此，木里中学从原来的凉山州末位正式迈向前列，成为凉山州教育改革的典范，成为一颗新升起的耀眼的教育明星。

2.生源瓶颈

2016年高考之后，黄河收到一条短信：木里中学还是可以教出好成绩的嘛。这是一位学生家长发来的。学生名叫胡直军，初中阶段在木里中学就读，一年前参加中考，取得了全县前三名的好成绩，去了西昌读高中。

那是一段让黄河至今想起仍感痛心的记忆。

2015年，高考成绩出来，木里中学仅有7人上线。当时社会上的反应可想而知，而家长们的反应尤其强烈，几乎形成了一致意见：木里中学的教学质量不行。

在这种情况之下，我们去动员生源留下，之前就预料到非常困难，但实际情况是，比我们的预料要困难得多。黄河说。

首先是学校的教师们没信心。他们说，我们考得那么差，怎么去做人家的工作？万一人家留下来后，没考上大学，那不是要怪罪我吗？

第二是学校校长、副校长、年级主任、班主任……层层出面，给家长和学生做工作。啥话都讲尽了，比如父母不在身边，娃儿的自觉性差，成绩很容易滑坡，学坏的风险大；比如去了外面的学校，如果成绩不拔尖，读不了最好的班，会产生很强的失落感。而在木里读书，不光可以受到关注和重视，还可以享受各种优惠政策，减轻家庭负担……总之是不厌其烦，就差没给他们跪下来了。可是说了半天，家长们不是无动于衷，就是留下一句话：我们再考虑一下。然后就再也没有回复。更有甚者，我们通过人托人，找他们的朋友或亲戚去做工作，他们说，我在外面学校交的钱退不回来，学校能不能解决；学校能不能给奖励；学校能不能保证我的孩子考上大学……

那段"跪求生源"的经历，让黄河感受到的，不光是艰难和无奈，还有屈辱：最终，全县的前几名，都是我们学校初中部的学生，都跑了，一个都不肯留下来。留下来的，仅有十几个农村的优生。他们不是不想跑，是没有条件，跑不了。

绝大部分都去了西昌，有的是被人家挖去的，有的是主动跑了。反正就是不肯留在木里。而胡直军的家长就是无论如何，也不肯把孩子留在木里中学读高中的家长之一。

这样的结果让黄河清醒起来：自己的学校实力不行，你就是真跪下去求别人，别人也不肯赏脸。要想优生留下，只有一条路，就是下死功夫，提升教学质量，用事实证明学校的实力，这才是留住生源最根本的办法。

这样的结果也让胡启华和黄河有了反抗的力量，他们因此定下了一条规矩：既然走了，就不要再回来，以后想回来也不要。

话里话外充满了无奈和忧伤，也多少透出一些底气。毕竟，木里中学已着手教学改革一年多了。还是那句话：我们这么干，还干不出成绩来，没有这个道理。

果真，一年之后的2016年，木里中学高考成绩达到42人。而这个去了西昌某校读高中的胡直军，因为无人陪伴，无人监督，成绩下滑。因此家长带信给黄河，问能不能回来就读。

不行。黄河一口回绝。

但他们一直在跟踪中考前两名的这两位学生。2018年高考，两个学生中，一个刚上了本科线，另一个就是胡直军，距离本科线还差100多分。

应该说，早在2016年，胡直军的家长就知道他家孩子的情况不妙，也在开始关注木里中学的变化，并给黄河发来了短信。之后的几年，木里中学的高考成绩连续递增，胡直军却高考落榜。落榜之后，胡直军的家长决意要让孩子回来复读，找人前来请求黄河。黄河的心软了下来：学校毕竟是改变人的地方，不是毁掉人的地方。最终，经学校行政会议讨论决定，同意接收。2019年，这名复读生考上了西昌学院本科。

2016年开始，留下来的生源与之前相比明显多起来。但走的仍然不在少数。

中等偏上的成绩都送去西昌、成都读书。木里中学副校长刘宗林说，除了考虑教学质量之外，还有一个原因，县城里的家长，大家相互攀比，他家都送出去了，我为啥不送？留在这里的城镇学生，只有一些了解底细的，比如说，老师的娃儿，文化系统的娃儿，或者一些懂教育的、重视亲子陪伴的家长。

杨航就是这样的城镇学生。

杨航是木里中学高2021届学生。父亲在县委统战部、母亲在农商银行工作。杨航在木里城关读完小学，初中转去了西昌，高中又回到了木里。

杨航说，在西昌读初中时，班上的同学都是全州来的，西昌的学校，设施条件好一些，教学方法也有些不同，那边（西昌）更注重小组教学，上课多半是学生在讲。但这边

（木里）的同学更努力，老师的水平和态度都差不多。

为什么要回来读高中？他说：回来读，能跟家里人经常见面，感觉心里踏实一些。

同样的教学水平，亲子陪伴则是在本地就读的一个重要优势。

与杨航相比，李骏源则是一个坚定的木里中学的"铁粉"。

李骏源17岁，藏族。父亲在县上某机关工作，母亲在西昌工作。

李骏源的小学、初中、高中都在木里就读。

中考时，李骏源考了600多分，可以读西昌一中等一些名优学校。加之母亲在西昌工作，可以监管，父母都主张他出去读。李骏源也找来好几所学校的资料阅读，慎重考虑去留。但他最终选择留下来。

是我自己拿的主意，就在木里中学读。主要是我晓得自己，喜欢耍，管不住自己，外面的老师不了解我，一放松就怕补不回来。而这里的老师都了解我，班主任胡万春老师，特别负责任，对我也特别好，看我不在状态时，马上提醒我，找我谈心，像个大姐姐一样。

现在李骏源的成绩，考得好时，全年级第五名，考得差时，20到30名。主要是贪耍，所以起伏大。李骏源自嘲说。

现在李骏源的父母对学校的状况很是认同。父母说，尽管当初是自己孩子做的主，但他们还是觉得选择对了。

胡比伙又是另外一种情况。

胡比伙是彝族，家在李子坪乡农村，读高二时已经20岁了。读初三时，母亲病逝，未能见上母亲最后一面，成为胡比伙内心难以消解的痛。

初中毕业，他以全县第十名的成绩被西昌一中录取。可是在西昌就读的前两个月，他失眠、抑郁、间歇性头痛……因为身体不适，没法上课。一段时间过后，跟不上进度，心理压力更大。直至休学两个月，高一下学期，转回木里中学。

见到胡比伙时，他已经转回木里中学快一年了。偶尔仍然失眠，但学习进度跟上了。刚回来时是全年级60多名，现

在已追赶到前20名。

胡比伙说，与在西昌读书相比，回来的精神状态好多了。离家近，认识的人多。管理上也比那边（西昌）好得多。那边的学生靠自觉，想学就学，不学的，也没有太多管束。这边（木里）不一样，老师很用心在管，你的任何变化老师都能够掌握到，马上会找你做工作，提醒你调整状态。

胡比伙说，他心中的目标是考上四川大学。他现在觉得每一天，每一点努力，都在往目标靠近。

2016年之后，木里中学的高考成绩明显好转，生源问题也有了缓解。目前他们已建立了由木里中学黄河、木里民族中学王建华、木里城关小学鲁绒扎西三位校长组成的"校长联盟"抱团发展机制，三校之间互通有无，提前介入，从源头改善木里中学的生源困境。

县长伍松则从另一个角度看待问题。他说我们始终能够看到木里教育发展的优势，我们始终对木里教育的发展充满信心，为什么？

现在的娃儿，都往大城市跑，往优质教育资源的地方跑，在这种情况下，木里人的家乡观念是很强的，我们全县还有两万多名学生，还有那么好的生源，都留在木里。他们中的绝大多数都是农村的娃儿，他们可能是没有条件去外面读书，但不管怎么说，他们留在木里，他们需要接受好的教育，这是办好教育的最大资源。

著名作家阿来对此也有自己的看法。阿来也是从藏区来，从大山深处的小山村走出来，对木里教育的境遇感同身受。他说像木里这样的边远地区，有些干部还是有理想的，想干事，想有所作为，可是一到结了婚，有了孩子，就守不住了。想让孩子接受好的教育，本地的学校不满意，只有把孩子送出去。可是一旦把孩子送出去了，一个家庭，仅有的一点财力、物力、时间和精力……都花在路上了。所以教育的"在场化"是一个带普遍性的问题，并不是一跑了之那么简单。学校是一个地方的文化阵地，尤其是中学，以前的中学老师，一直是本地最受尊敬的人，后来一个个弄得灰头土脸，为什么？学校垮了，整个地区的文化生态都遭到了损害。

如果学校办好了，本地的孩子又回来了，整个社会将会更加趋于稳定。教育稳则地方稳。所以从这点看，只要学校办好了，孩子们是肯定会回来的。没有谁愿意舍近求远，劳民伤财去四处奔波。

3. 留住师资

2015年春，在成都大学应届毕业生招聘现场，所有凉山州的学校都到齐了。每个招聘单位设有一个展台，只要有人前来报名，几番交流，无须考试，符合条件的，马上签约。

只有木里中学的展台前，报名者需要当场考试。

考官是由棠湖中学退休教师组成的督学团队成员。

考核的内容，先看学校的表现和专业成绩，然后现场考试，数学做试题，语文听写成语，英语口语问答。

早在改革之初，棠湖中学的专家们和木里中学管理层就达成了共识，木里中学的未来在于造就一支新生的师资力量，并由此形成一套教师选拔培养机制：一是对分到学校的新教师，先到棠湖中学报到，进行入职前的系统培训。回到木里中学后，采取"师徒结对"方式，选择有能力有责任心的老教师传帮带。

二是对现有年轻教师，学校行政干部实行"分包"负责制，对"分包"对象经常进行交流，周末或节假日请回家里团聚，帮助单身教师介绍对象等，让他们尽快找到归属感。

此外，学校还专门成立了年轻教师联谊会机制，定期召开35岁以下的青年教师会议，增强凝聚力和认同感。同时每年对年轻教师进行三次考试。考试的方式与学生相同：手机收起来，一人一桌。考题采用高三学生的诊断考试试题。考试之后，请各地来到学校的援藏专家或本校老教师阅卷。成绩出来，上重本线者，奖励100元。上二本线者，奖励50元，未上二本线者，由校长约谈。

刚实行年轻教师考试制度时，一些未上二本线的教师，不是因为水平不够，而是因为重视不足，导致成绩落后。由校长出面约谈后，有了明显改观。

第三，健全教师选拔招聘机制，由第三方——棠湖中学的专家全权把关。

选拔招聘教师，需要在较短的时间内，对应聘者做出准确判断，不仅要看他的专业素质，还要看他的思想品德、表达能力等，非常需要功夫。棠湖中学校长刘凯深知其中利害，早在2014年，就提出：干脆，我来帮你们把关。

从那时候起，选拔招聘教师的工作就交由棠湖中学负责，具体工作则由退休教师组成的督学团队出面招聘。

选拔和招聘新教师的工作分为几个阶段。

先是由木里中学相关招聘人员与老专家们一起，前往各个大学，现场考核应届大学毕业生。有符合条件的，记录下来，汇总时，按分数高低录用。2015年后，按照相关要求，为保证其公正性，防止徇私舞弊，所有带编制的招聘工作必须集中考核，并有纪检部门介入。自那时起，木里中学每年招聘教师时，县纪委、人事局、县教育局人事处等部门都要派人现场监督。

最初，他们还不太放心。把人招来，要能用，要解决编制，非常敏感，所以最初招聘时，县纪委的、县人事局的，都来了。后来他们都不来了，全交给我们负责。刘凯说。

这样做有个最大的好处。遇到想开后门的，他们说，去找棠湖中学。找到我们，我们说，我们都是帮人家把关，是那些专家说了算。再去找专家，可专家们认真得很，找他们也没用。这样下来，好几届了，没招一个关系户。我们始终把握着一个原则，宁缺毋滥。

黄河还记得有一个场景：2016年，选拔招聘新教师的现场设在棠湖中学。考核时，有两个应聘者是木里人。考核结束，有工作人员给负责考核的老专家说：这两个娃儿是木里人，看能不能作为引进对象，让他们过关？

金黄老师是棠湖中学督学团队成员，也是当时的主考官之一。听了这话，他站起来，沉下脸道：我在负责考核，我认为合格的，就这几个，至于其他，你们自己看着办。说罢转身就走。

最终，那两个木里人没被录用。

我们用不用，都听老专家的。黄河说。有朋友来找我，我都说，就算是木里人，原则不能破，老专家们说要得，同等条件下，因为是木里人，我们可以优先，但能不能用，绝对听老专家们的，由他们说了算。

棠湖中学退休教师吕巽也一直是招聘教师的主考官之一：他们亲眼见了我们的招聘过程，觉得很放心。遇到说情的来找我们，我哪个都不认识，哪个都不认。

县长伍松则说：棠湖中学的招聘专家，他们坚持原则得很。由他们把关，既保证了招聘工作的客观性，也保证了公正性。

吕巽老师也讲到一次招聘经历。

一位刚毕业的大学生，政治专业，盐源人。先到盐源中学应聘，盐源那边说，名额已经满了，未聘上，又来我们这边应聘。

是吕巽老师亲自考核的：看到一个好的，赶紧跟他（她）做工作，介绍情况，争取让他（她）能够进去（木里）。我们帮他们选人，他们想办法留住，我们分工合作。

可是，这个政治老师，我们考核之后，觉得可以，签了合同，一切都办好了。结果盐源那边听说被木里中学招去了，又去给她做工作，让她回盐源，结果她又跑了。本来都在木里中学上班了，档案也不要就跑了。吕巽老师说，从那以后，我们晓得了，我们招到的人，要保密，不能让外人晓得。

"老师要跑"在木里已经成为大家的一块心病。这个"大家"，既包括上上下下的木里人，也包括省教科院的专家们，棠湖中学的教师们，以及所有关心和支持木里教育的人。我曾与木里中学现任教研室主任周军讨论过这样一个问题：木里中学的年轻教师是由棠湖中学的专家们把关招进来的，眼光专业，不讲情面，挑选出来的人肯定不错，具有很好的潜质。这是其一。其二呢，招聘来的年轻教师，首先到棠湖中学报到，由棠湖中学的专家甚至省教科院的专家亲自培训，并且还有相应的机制，保证长期跟进培养。第三，回到木里中学，再有一整套栽培年轻教师的机制。三管齐下，事实证明，年轻教师们在木里中学成长得很快。而现在，这样的教育体制下，各地对优秀教师的需求十分强烈，与争夺优生同等激烈。教师们成长起来，水平上来了，就要去别的地方考试，考上了，自然要跑。

有的还不是调走，是辞职。周军说，一年要走一二十个，甚至更多。

那么，这一来，木里中学不就成了为各地培养教师的

"摇篮"？

这是一个长期以来始终困扰着木里教育发展的巨大难题。

对此，胡启华有自己的看法：木里中学师资紧缺，由来已久。外面的人不愿意进来，进来了留不住。本地的师资，培养出来的少。因此以前的老校长，不愿意派优秀的教师出去学习，怕被人挖走，也有他的道理。但不出去肯定不行。现在这样的资讯之下，封闭没有出路。我们后来大胆地派他们出去学习，创造各种机会让他们成长。确实，走出去了，尤其是这几年，木里中学的教学成绩上来了，被别人看上的教师很多。真要走，也是没办法的事，只有积极地去面对它。从好的一面看，至少，这说明，木里已经成为一个平台，也说明木里中学的教师水平高。

胡启华讲到一位名叫周兴燕的英语教师，几年来成长很快，在棠湖中学上公开课时，讲完课，大家赞不绝口。当时有省教科院的专家在场，听了她的课，说，她现在的水平，成都七中的老师也不过如此。不久，周兴燕被西昌一所学校挖走了。刘凯校长这边听到消息后，说，当时她在你们学校，我不可能挖她，但她现在去了别的学校，情况又不同了。如今她留在了棠湖中学。

胡启华说，以前是想走也没人要，现在是到处都想挖木里中学的教师，单这一点，就证明，我们有了很大的进步，得到了同行们的肯定。但另一方面，也确实给我们带来了巨大的考验。仅2019年春季学期，木里中学就辞职了14位教师，开学时，差点连课也开不了。

时至今日，木里中学的师资紧缺仍然是制约木里教育发展的最大困境。

只是，对于未来，棠湖中学校长刘凯在忧心之中，仍保有一份乐观和期待。刘凯说到两个欣慰：

第一，现在基本上招得到人了。2015年、2016年以前，根本招不到人。现在的情况是，尽管还是招不够，但每年进去二三十个人，应该没有问题。进去之后，感觉好了，再把信息传出去，形成良性循环，未来就可能好招一些，随着教学质量的持续提升，以后可能会更好招，这是趋势，也是必然。

第二，尤其可喜的是，2016年进入大学的木里本地大学生就要出来了。每年七八十人，他们都是从木里中学考出去的，他们也知道木里缺教师，好多学生填志愿时，都填的是师范专业。他们毕业出来，就意味着木里自己的师资生产机能构建成了。这些是木里中学自己培养的教师，是永久牌人才。今年就回来了17个。挺过这几年，相信以后会越来越好，越来越值得期待。

4. 一年又一年

那片位于盐源到木里途中的小树林，被省教科院的专家们命名为"松林坡"，每次经过这里，车都会停下来，专家们会在这里小憩：方便，拍照，深呼吸，对着蓝天发一阵感慨。

省教科院语文教研员段增勇是一位诗人，每年到木里，他都会写下一些特别的文字，诗或者随笔。最近的一次去木里是2020年5月13日，段增勇在这里停留时，就坐在"松林坡"的石头上，就在手机上打字，写下了一篇《七年苦乐酬岁月》：

这一片松树林，是我们七年苦乐的见证。

犹记2013年11月，绵延群山深处，弯弯又弯弯的山路，蓝天白云，荒山野岭，沿路稀稀落落的住户，突然间一望无际的平坝铺展，汉彝藏和睦共处的天地，一群群淳厚诚朴的人，让我们享有了新鲜感，也让我们享有了灰尘四起的穿行，备受颠簸的左摇右晃，以及起落跌宕的跳跃，而心，依旧活泛了对这方教育的牵怀。

自此而后，一年一次的木里之行，仿佛是我们的责任，更像是我们内心深处不可缺失的一种充实。

生命的美好时刻，是闲静了心，放逸了心，歇口气，喘口气。这片松树林，便也成为每次长途驱行的一个露天驿站，一个纯天然吸氧地。

不曾厌见，多在想念。木里与盐源交界的这片松树林，有清风吹掠，有隐约的松涛传响，有太阳光的斑驳让人静思默想时光的细碎所给予的一些滋味，有湛蓝的天洁白的云洗润被城市灰色森林给疲倦了的神光，那遍地可见的松针，也像是时光沉淀的一种记忆，太阳光下浮泛着黄的光，于光亮的闪烁里，仿佛在翻检陈年的旧历，一枝一叶总关情，一针一脉看沧桑。

无倦沧桑的行走，在这远山腹地，在这大山深处，他们，这里的世世代代，从无路的地方走出羊肠小道，走出斗折蛇行的盘山路道，走出雨天一地泥晴天一路灰的坎坷之路，走出有碎石镶嵌的路，走出水泥路，走出沥青路，走出现在的胶合路，把路走宽，走硬，走得一马平川车水马龙。他们，世世代代的他们，让这方天地的生命赋予了顽强坚忍的品质，让一代代人满怀希望和梦，让一代代人走出大山深谷，走出封闭约束，走出生命的昂扬和挺拔。

念及此，这七年的辗转，这七年的零碎，这七年的一点努力，足可欣慰，也不值一提。

之所以提它，是向岁月的一点汇报，是对自己的一次提醒。

那首深铭于心的一句歌词，极好，"历尽沧桑也别说经过了"。行走路上，除了努力，就是继续努力！

从2014年至今，省教科院九大学科专家整体出动，援助木里，已经持续了七年。加上2013年11月，彝族年前夕，省教科院的何兴明、吴中林、段增勇、张白峡四位专家首次前往木里，已经整整八年。

八年的岁月，滴滴点点；八年的变化，悄然而巨大。

省教科院副院长、英语教研员董洪丹七次前往木里，他说到自己的感受：

> 这几年，一年一个变化，但最大的变化，是教师和学生变阳光了，自信有了，是那种有路可走的信心。

董洪丹说，经过八年的努力，首先是他们整个木里，从上到下，有强烈的要改变的愿望，加之我们省教科院之外，各方面都加大了力度，棠湖中学加大了力度，攀枝花的援建加大了力度……一年年跟进指导，一年年渗透影响，慢慢地，理解和沟通建立起来，有了成效。

化学教研员马红艳说，以前我们讲，他们被动听，看眼神都晓得，满脸茫然，他们的接受系统是关闭的，排斥的。后来我们讲，他们听，能够听懂一些了；现在我们讲，他们听，我们讲完，他们还能提问，还能跟我们一起讨论。

生物教研员何兴明一语道破：这是建立起了对话平台，相互之间能够理解了。而以前，话语体系都不一样，根本无法对话。现在，他们接受了这些观念，慢慢可以提问——慢慢回到按教育规律办事的轨道上来了。

而当时的那种情况，数学教研员吴中林说，我们真为他们感到着急，当时的情况，有各方面的原因，但教育问题，它的核心力量，还是教师，真正能够改善当地教育的本质的因素，还是教师的水平。

八年过去，经过各方的努力，木里中学教师队伍的整体能力有了质的提升。而在此期间，省教科院的九大学科专家队伍的整体出动，持续援助，起着特殊而重要的作用。

省教科院的专家们，是"教师中的教师"。因此他们的着力点，在于教师，在于教师队伍的水平和能力的提升。他们往往是分学科进行指导：不针对具体的教材，不讲课本上的东西，只讲学法、考法、思维方式、技巧等，对上一届高考出现的普遍性问题做出分析和提示，并根据学校的要求和具体情况，不断改进指导方式。

而2020年5月，专家们再去时，在之前的指导方式的基础上再次做了改进：走进课堂，与学生们直接交流。

数学教研员、现任普通高中教育研究所所长吴中林说：以前我们去，多是给老师讲课，与老师交流，与学生，只是单独接触，单独交流。而这一次去，我们走进了课堂。进入课堂后，让我刮目相看。

作为数学教研员、高中所所长，吴中林对全省的理科学习状况十分清楚：民族地区的理科成绩普遍较差。几年前，甘孜、阿坝两地教育部门还联名给省委书记写信，要求提高民族地区的理科教学质量。省委书记做了批示后，具体回复者就是吴中林。因此在进木里中学数学课堂前，吴中林专门备好了课：四十分钟之内，讲什么，怎么讲，难度控制到哪种程度？

　　一堂课下来，吴中林说，他上课从不愿意拖堂，但那天是个例外，他特别申请延长了几分钟，为什么？因为感动：学生们的那种求知的渴望，那种专注的目光，他们的思维活动，都可以从眼神看出来，非常打动人。

　　吴中林说，勤奋好学是一个学生转变的最典型的标志。因此吴中林认为：民族地区的理科，只要投入多，还是可以搞好，而且可以把差生的学习水平提高。

　　这是多么令人振奋的感受感慨。

　　一年又一年，点点滴滴，聚流成河。付出和收获是双向的，也是多层面的。

　　省教科院的专家们无一例外，都谈到木里的山水蓝天，对木里人性格的认同和喜欢。数学教研员吴中林说：在持续多年的往来中，他们与木里之间，形成了一种联结，一种牵挂，每到一定时候，大家早早地就问，好久去木里，感觉很想去，很牵挂。

　　感觉在这样的过程中，心灵也得到了净化。化学教研员马红艳则说，这些之外，体能也得到了锻炼。从最开始去了，有明显的高反，到现在，基本啥反应也没有。

　　此外，他们还收获了友情和师生之情。

　　语文教研员段增勇与木里中学教师扎西旦珠，并没有特殊的交往，两人却结下了深厚的友谊。每当专家们到达时，扎西旦珠鞍前马后，异常兴奋。每到专家们离开时，又表现出"孩子气的依依不舍"，段增勇则会像哄孩子一般，对他道：别那么不高兴，明年还要来的。

扎西旦珠取下手上的一串佛珠，戴在了段增勇的手腕。段增勇则从美国买回来一件外衣，带去木里，送给扎西旦珠。

段增勇还为扎西旦珠写下了许多思念的文字：

又见扎西，依然又依旧，变化是此时彼时，不变是同在永在。这个夜不闭户路不拾遗的纯净土地，心似秋月明，人如雪山松。

致远方的兄弟扎西旦珠

兄弟，此刻我念想你

一如你对我的经常念想

即便是互不沟通禀报

念想的心在

起念动想一如呼吸

悠悠荡荡

深深邃邃

……

犹记你依依惜别的空乏

空洞了你的神光

困乏了你的活泼

你用沉默的心

承受欢娱之后的落寞

藏乡原色的浑厚

在你，颓然着恍惚

那一刻，我认了你这个兄弟

那一刻，我无可置疑了你的纯良

那一刻，我开始了我的另一份牵挂

而专家们与徒弟的故事，又是另一个时常被人称道的话题。

英语教研员董洪丹的徒弟名叫达瓦央初，木里人，藏族，大学毕业回到木里中学担任英语教师。董洪丹收下达瓦央初做徒弟，是"受人之命"。2014年春天，董洪丹第一次来到木里，工作之余，小憩时，达瓦央初就在一旁倒茶。初出茅庐的达瓦见到董洪丹这样的专家，手足都有些无措。时任木里中学校长胡启华就在一旁开起了玩笑：董老师您收下这个徒弟嘛。

达瓦央初就成了董洪丹的徒弟。

因为是英语专业，称呼也有些特别，不称师父，称"董sir"。

董sir当场就对达瓦央初说：你啥子都不用管，只管好好干。

此话听上去等于没说，却含义丰厚，劲道十足：既是为她打气，树信心，也表示出作为董sir的底气。

果真，因为董sir，达瓦就有了不一样的机会。2016年暑假，董洪丹要出席一个重要会议，届时，有教育界各知名人士到场，并就教育上的一些最新的理念和方法进行研讨。会前，董洪丹特意叫来了"徒弟"达瓦央初，让她来开开眼界，长长见识。

达瓦在山里长大，对大城市的一切充满着好奇。这一次，来到成都，跟在董sir身边，见识了大场面，见到了不少之前只能在电视里报纸上才能见到的人物，达瓦的兴奋劲儿不言而喻。没料到，会议结束，董sir带给她的，还有更多的惊喜：

说：你还想耍啥子，董sir都满足你。

达瓦央初说：我想看海豚。

董洪丹愣在那里。

随即，董洪丹带她去了位于成都天府新区的海洋公园。

从海洋公园出来，董洪丹感叹不已：今天给你办招待，结果招待的是我自己。我就住在成都，离海洋公园这么近，我都从没有去过。

说：还想耍啥子？董洪丹又道。

达瓦央初说：我想坐翻滚列车。

董洪丹又愣在那里。

翻滚列车，董洪丹仍然从没坐过，也压根不敢坐。但话已出口，徒弟要去，他只能"舍命陪君子"。从翻滚列车上下来，董洪丹已站立不住，"分不清东西南北，五脏六腑都在翻腾"。然而，董洪丹的心里是欣喜的，欣喜而安慰。末了，他解嘲说，像这样的小朋友，纯得很，带她出来，带她耍，但手都没有牵过。

语文教研员段增勇也有自己的徒弟。

徒弟名叫卢正超，木里中学的生物教师。2014年春，省教科院九大学科专家首次整体出动，前往木里时，她负责接待。吃饭时，卢正超主动提出要拜段增勇为师，跟着就叫上了：师父，师父。

这一叫，就是好几年。

2020年5月，段增勇再去木里时，卢正超已经离开木里中学，回到她的家乡盐源县，在盐源一中任教。

专家们离开木里后，顺道前往盐源指导工作。卢正超得知后，早早就打来电话，带着丈夫和两岁的孩子前来拜见师父，也拜见各位专家，并为每一位专家准备了一份礼物。

为什么会走？

段增勇说，他非常理解：因为要解决夫妻分居，她丈夫在盐源工作。

她是辞掉了木里这边的编制，再去盐源一中考上了编制。段增勇又说。

可见教学能力的提升是她选择离开的资本。

教师们的能力一上来，就会选择离开——这是让专家们深感忧虑的最严峻的话题。

段增勇还讲到一位年轻的语文教师，第一次去时，见到他，人长得很帅，整个状态就是一"独行侠"：表情是拒绝的，独往独来。

段增勇问他：耍朋友没有？

没有。

段增勇道，那你娃不想在这里待。

年轻教师不否认。

段增勇又道，你不想在这里待的想法我可以理解，但你既然在这里待着，你如何体现你的生命价值？哪怕你明天要走，今天也要好好教书，好好上课。你要做一个快乐的人，要与人和谐相处。

第二次去时，年轻教师的状态完全不一样了，精气神，全上来了。

第三次再去，同样。第四次去时，他已经离开。

为了爱情。段增勇说，他把他的学生教成了自己的老婆。他的学生是木里人，考学出去后，留在了乐山。他离开木里中学，去了乐山一中，也是考上的。

可见，成长得很快。段增勇说。

但成长得越快，离开的风险越大。成长一个离开一个，这是木里现在及以后很长时间的最大限制——这是省教科院的专家们的一致看法。

我们每个人都在为此担惊受怕，怕老师走。历史教研员陈静亦说得很动情。

然而，还是在走。不断地离开。

化学教研员马红艳说到新近发生的一件事。

她有一份好的资料，发给木里中学的化学组长，组长说：不好意思，马老师，我已经不在木里中学了。组长辞去木里中学的工作，考回了她的家乡泸州的一所学校。

马红艳说，那请你转给其他的老师们。组长说，已经转了。

话语之间，忧伤与无奈不言而喻。

木里中学的老师们，走的理由各不相同，有的是回老家，有的是解决夫妻两地分居，有的是考去了更好的地方更好的学校……结果都一样，都选择了离开。

为什么会这样大面积地离开？

我以为，是时间问题，待时间足够长，待木里教育的造血机能建成了，待木里自己培养的师资足够充足……可省教科院的专家们并不认同我的看法。他们说，我这仅仅是良好的愿望。他们说，每一个人都有追求美好生活的权利。他们说，等时间足够长，这些造血机能都健全时，可能会好一些，但并不能解决根本问题。而根本的问题，是国家的扶贫政策倾斜问题，是他们的存在价值应该得到应有的认同和尊重，而认同和尊重需要具体的表现，精神的物质的。换句话说，无论是精神的物质的，"支边教师们"过去和现在所得到的回报，远远不足以支撑他们在边远地区留下来，干下去。

不能让木里这样的地方成为被遗忘的角落。这是专家们的共同呼声。

5. 一步之遥

回到木里中学现场。

2018年，木里中学高考硬上线人数82人。从82人到100人仅为一步之遥，触手可及。很自然，2019年，木里中学的高考目标定为"100人"。

目标定下，这才意识到，"100人"不单是一个普通的数字，它代表着一种进阶：从"个位数"到"两位数"再到"三位数"。短短几年时间，直线上升，坐电梯似的，不知不觉，就上来了，回头看，竟有些紧张，有点"眩晕"。于是"百人大关"就成了一个关口，具有划时代意义，是木里人做梦也不曾梦到过的事，眼看着，就要变成现实？

于是"百人大关"就被大家叫响了，响成了一种口号，一片冲刺声。

既为"大关"，木里中学的重视程度可想而知。而这时候，用刘凯的话说，木里中学已经形成了一支干部队伍，已经形成了一整套干部管理制度：校长培训制度、干部选拔考核制度等。而一方面干部的选拔制度是一个地方风气的风向标，因此木里中学现在的风气，可谓"风清气正"。另一方面，也已经形成了一支骨干教师队伍。一所学校，师资流动频繁是一个大问题，但也不必惧怕，需要积极应对，只要有骨干在，系统的做法已经形成，新老师来了，按此操作即可。

一切都显得欣欣向荣，与目标近在咫尺。

我在木里中学采访时，正值2019年5月到6月。高考已到了最后的备战关头，木里中学高三年级的一诊二诊三诊已经结束。又找来棠湖中学以及西昌、攀枝花等地的试题一一考过。黄河跟我说，今年的目标是"百人大关"，根据诊断考试的情况看，实现目标，应该问题不大。黄河的话留有余地，但我能听出信心十足。话语里透出些微的不安和迟疑，被我理解为临考前正常的紧张和担忧。我便毫不含糊地确信，木里中学实现目标，闯过"百人大关"指日可待。

　　高考时，我仍在木里。高考之后，等待成绩期间，我离开了。临别还跟黄河说，成绩出来，一定第一时间告诉我。

　　后来回想，我忽略了一个细节。2019年的"100人"目标，是木里中学在2018年高考上线"82人"的基数上，"稍微加了点码"，自然而成。而非如之前一般，由棠湖中学的专家们通过调查和分析做出的评估和预测。后来在采访中，也验证了这点。棠湖中学政治备课组长张雪梅就有不同的看法。

　　张雪梅说：她第三次去木里，是2018年暑假，仍由朱元根主任带队，主要的工作就是为突破"百人大关"，再次前去"诊断把脉"。工作尽管做得很仔细很到位，但必须正视瓶颈的到来。

　　张雪梅说："百人大关"，是真正意义上的瓶颈。这个时候的瓶颈要想突破，已不再是那么简单，也不再适用原来的做法，不能单靠借助外力，而是必须要有内生动力。

　　为此棠湖中学专家的这次诊断把脉内容与以往有所不同。在做好教学备考准备的同时，把着力点放在了调动教师和学生的内生动力上，办讲座，上主题班会课等。但她依然觉得不乐观："百人大关"这个瓶颈，好比胖子减肥。尽管这个时候的木里中学跟过去相比，变化确实很大，风气越来越好，制度越来越完善。以前的那种松散和混乱状况一点也看不见了。但胖子减肥，从二百斤到一百五十斤很容易，因为这之前都是水分，可越往后越艰难，因为要减的是脂肪，需要坚持，也需要一个过程。

张雪梅说，要突破这个瓶颈，第一需要生源的质量跟上来，第二需要教师的专业水平进一步提升。这都不是一朝一夕可以做到的事。

尤其在说到生源质量上，她说，木里的学生，最弱的几科，数学、地理和英语。尤其是英语，比如小学阶段，外面已在讨论英语该怎么上更科学了，他们却在讨论汉语。木里的孩子，好多都来自农村，上小学了还不会说汉语。现在据说好些了，有了幼儿教育。但要从源头去改善，非一日之功。

棠湖中学学导处主任朱元根从更加专业的角度表达了相同的意见：

> 经过这几年的改革，教师的责任感被唤醒，学校的整个工作都在一步一步往上走。但面临"百人大关"这个瓶颈时，要突破，第一，教师的专业水平和教学艺术、教学策略等各个方面要进一步改革，才能形成新的爆发力。第二，在这样一个生源的基础和教学水平下，木里县的整个基础教育需要来一个提升，为生源奠定坚实的基础。

这是一个整体性的系统工程。而这种整体性的改革，需要更长的周期。这个周期不能省，必须一步一步踏实地往前走。

朱元根讲到他在木里看到的一个场景。

那是在距离木里县城60公里处的长海子牧场小学，孩子们正在上课。琅琅的读书声从教室传来，传得好远。他永远也忘不了那天的读书声。那是在读一篇叫作《春天来了》的课文。读书声清脆、流畅，普通话十分标准。不亚于外面任何小学的读书声。又因为有蓝天白云做伴，有美丽的长海子就在眼前，读书声在这样的景色之下萦绕于耳，美得难以形容。那是世界上最美的声音。

因此朱元根说：木里的孩子，进入小学，大家的起点相同，随着进度的变化，距离逐渐拉大。

朱元根的话带着深切的疼痛感。

事实证明了棠湖中学专家们的判断。

一个极为有趣的插曲。2019年高考前夕，黄河见到县长伍松时，向他汇报：我们今年搞好了要考100个。

伍松只笑不语。又道：我估计你们今年上不了100个，最多考得起86个。

黄河满头雾水，却不便多问。

2019年6月22日，高考成绩出炉，木里中学上线人数：86人。

再见到伍松时，黄河叫起来：伍县长，你是个神仙哦！

伍松说，他不是神仙，但他有自己的判断。

你晓不晓得，我们前期的，对教育发展的所有布局和安排，都在100个人以内。我们做到了，而且做得很好。但要想突破这个数额，必然会遇到瓶颈。为什么？因为我们现在的教育，更多的是在高中阶段的突击，初中和小学还有差距，这个链条还没有完全形成。所以你们卡在100个人的关口上，是很正常的事情。但你卡个两三年，一旦突破，那就证明这个链条成立了，那时候，150很快就会突破，200个也不是难事。

省教科院高中所所长吴中林对此也有相同的看法，他以专家的视角，专业的角度，做了更为深远的表述：回首几年前，从木里中学的管理和教学的发展这个视角进行反思，惨淡的升学人数对人民群众没有丝毫的吸引力，也成为学校管理混乱、办学质量低下的显性标志。然而，在大家的持续努力下，随着木里中学校风好转、学风渐成，升学人数的增加，事实上推动了教师敬业、学生乐学，扭转了广大民众对木里中学办学的认识，全社会对于木里中学办学的满意度也在逐渐提高。从几个到十几个，从十几个到几十个……点燃了木里人民对当地高中教育的希望，激发了当地行政、教育人对木里中学办学的憧憬。从几十个再到突破百人大关，已成为全体师生对木里中学高中教育教学的希望和追求。从这个角度看，"百人大关"是一座高峰，更是木里中学和共同关心着他们的所有人的目标；攀登上这座高峰，是激励大家不懈前行的动力。我们相信，假以时日，有各方面的大力援助，有木里县委县政府和广大民众的坚定支持，有木里中学全体教育人的艰苦努力，木里中学一定会站在这个高峰，向下一站出发——那时，立德树人的根本任务将会得到更好的落实，素质教育将会得到全面实施，学校特色化发展、学生个性化成长的局面终会出现。

确实，在完成第一阶段的质量提升之后，围绕着"百人大关"的冲刺，木里中学已开始着力探索育人方式的改革，制定出"五育融合，全面育人"的下一步发展规划：德育，进一步加强理想品德教育与习惯养成教育；智育，倡导教师与学生一起成长，加强自主学习；体育，提倡"健其体魄，强其心智"，开展阳光健身运动；美育，开展"五个一"活动：写好一手字、唱好一首歌、朗诵好一篇文章、画好一幅画、练好一项体育项目；劳动，搞好校园环境卫生，开展各种形式的志愿者活动……

第八章　联动已经开始

1. 鲁绒与课改

鲁绒扎西是2016年8月担任木里县城关小学校长的。一个月之后，新学年开学，城关小学正式实施课堂改革。

城关小学是木里县城的完全小学，也是木里历史上最早的学校。她的前身就是创办于1946年的"国立西康木里小学"。之后几度易名，2009年，定名为木里县城关小学。现有新旧两个校区，2643名学生。其中89%的学生来自农村，城镇学生仅有343人。

鲁绒扎西是藏族，典型的寡言少语。他说：藏族人是豪放的，但藏族人里也有不豪放的，比如我。

有一次，有外地客人来到木里，见鲁绒扎西不说话，觉得很奇怪，问：你是咋个当校长的？

鲁绒不回答，只笑。

可是学校的老师觉得鲁绒扎西连笑也不会。就有老师教他：你要笑。鲁绒说：我笑了的，但是我脸长得黑，要有一定的技术才看得出来。

这就是鲁绒扎西。

鲁绒不爱说话，却极善于思考和行动。其间有一个逻辑关系：2016年初春，胡启华辞去木里中学校长职务，仅担任木里县教育局长。8月，鲁绒被任命为城关小学校长。

鲁绒扎西的前任，老校长邱拉金，是位尽职守责的好校长，学校管理规范，教学业绩稳定。退休后，又继续干了两年，再由鲁绒接任。

那之前，鲁绒扎西在城关小学已经担任了8年的副校长。

鲁绒接任校长时，胡启华曾专门找他谈话：要引进新理念、新方法，巩固城关小学已有的教学成果。

9月，城关小学开始课改。

说到推行课改，鲁绒说，小学教育的课堂改革已经提出来十几年了，可是一直在提，一直处于鼓励和倡导阶段，为什么？怕。怕成绩下降，怕考分被拉下去影响整个声誉。还是思想被禁锢的原因。

其实小学阶段，关键不是考多少分的问题，而是要养成两个习惯：良好的学习习惯和行为习惯。而学习习惯的养成，必须以课堂作为突破口。

传统的学习习惯，是老师讲，学生听，老师写，学生抄，这样的灌输式教学，孩子们很容易厌学。鲁绒担任校长之后，着力推进课堂教学模式改革，将办学理念也做了改变：激昂生命，个性发展。

在课堂教学中，他提出引入"生本教育"理念。老师最先准备，但最后出场。课堂中，由学生唱主角。

由此对学习模式也做了修改：自主、合作与探究。

以前的预习作业改为"前置作业"，预习作业是让学生了解某些知识，前置作业是让学生去解决某些问题。鲁绒说，一词不同，内核全异。

以前预习一篇课文，读一个标题也叫预习，读一遍课文也叫预习，现在的前置作业，老师必须明确布置任务——要解决什么问题。

第二天，拿到课堂来，进入小组合作阶段：你要拿东西出来，为此学生要去搜集查阅许多资料。

老师最后出场，前置作业和小组合作都没有解决的问题，再由老师点拨。

这样的一堂课，解决了学生依赖老师的这种惰性——以前是反正老师要解决。

鲁绒说，从2016年9月进行课改以来，推进十分艰难。

一是中老年教师反对，理由是以前学校的成绩好，在全县一直领先。老师们担心万一成绩下滑怎么办？第二是认为学生基础差，大部分都是农村学生，不适应这种新的教学模式。

鲁绒说，对于木里的小学教育而言，生源确实是个问题。很多的孩子进一年级了，还不会说汉语，至少要一学期后，才会说汉话，而那时候，拼音学习已经结束。第三是没有意识到这种教学模式的转变实质是教师专业水平提升的极好机会。

因此鲁绒当时提出，一年保底，两年提高，三年突破。

鲁绒坦言，当时提出改革时，很多人担心胆子大，步子迈得太快。但第一、第二年过去，既定的目标都完成了。

第三年的突破，马上就会见分晓，但鲁绒预计，实现突破也无问题。

完稿前，我得到鲁绒给出的数据：第三年，全校429名学生参加小升初考试，语文和数学总评成绩达到80.76分，是近十年来第一次突破。

鲁绒说到改革几年来的成绩：全县小学毕业生前500名，2017年，城关小学占比50%，2018年占比52%，2019年占比55%。而之前从没有超过50%。

鲁绒扎西说，中考、高考的变革必然影响到小学。这是全县教育总布局中的一环。必须环环相扣，才能达成整体提升的目标。

说到去外地读书的学生，鲁绒也感觉十分痛心：

2017年小学毕业生中，有39个学生到外地读书，2018年去了32个，今年可能会少一些，30个以下。这些走出去的都是优生。以前做工作，怎么做都不行，现在好一些了，有些家长愿意留下来，他们从木里中学的变化看到了希望。

鲁绒扎西特别说到两个好消息：一是从2018年开始，在县教育局的统一布置下，已经建立了由木里中学、木里民族中学、木里二中（红科中学）、木里乔瓦镇小学、城关小学组成的五校联盟，旨在坚持整体的创新理念，加强师资交流，资源、课件共享，测试统一。

第二，从2018年开始进入小学的一年级学生，都是上过幼儿园的孩子，以前他们连汉语也不会说，第一学期基本就是在"坐飞机"。

这是一项启动于2015年10月的教育扶贫工程，全称叫凉山州"一村一幼"精准扶贫计划。旨在让全州的孩子"学前学会普通话"，以从源头阻断贫困代际传递，打破贫困"积累循环效益"。木里的"一村一幼"工程2016年初开始启动。截至2019年11月，已在全县的113个行政村、9个国营牧场，开办幼教点161个，入园率达95.69%。木里的村级学前教育已经实现了全覆盖。2018年5月，这项工程已被国务院扶贫办、教育部进一步规范、提高、拓展，作为国家层面在民族地区推广"学前学会普通话"行动探索路径的试点项目。

2. 民族中学的蜕变

王建华也是于2016年8月调任民族中学校长职务。那之前，他一直在距离县城最远的茶布朗镇工作。

取着一个汉族名字的王建华有着典型的藏族男人外形，卷发，黑面，高大壮实，举止却格外温雅含蓄。他的家乡博科乡是木里境内距离县城较近、条件较好的乡镇之一。他从师范学校毕业，分去了茶布朗片区唐央小学。赶去报到时，先坐车，再骑马，整整走了三天两夜。

在唐央小学一待就是8年。当时学校有12个老师，年轻的三个，其余9个都是"民转公"临近退休的老教师。王建华去的第三年，老校长年龄大了，由他担任代理校长。第五年正式任校长。2003年调至茶布朗片区教育办公室，担任着一个奇怪的工作，统计员。一年后任教办主任，管理茶布朗片区8个乡镇。2008年9月，担任茶布朗中学、小学校长，片区教办主任三职。直到2016年调至木里县民族中学任校长。

从王建华的履历看，他就是一个脚踏实地一步一步干工作的人。

民族中学的学生，主要来自乡镇。每年划几个乡，作为主要招生范围。城关小学的生源则主要去了木里中学，很少能到民族中学就读。但民族中学的师资，都是从木里各乡镇调来的优秀教师，师资力量很强。这是王建华对民族中学师生的看法。

而这之前的民族中学，也如曾经的木里中学一样，管理松散，放任自流，整个学校的主要工作就是"守学生"——只要把学生守好，不出安全事故，就是最大的贡献了。

胡启华讲到当初更换民族中学校长以及物色王建华的经过。

以前的民族中学，管理之差，有一次，由县长伍松带队去学校检查工作。之前早就通知过的，结果到了学校，环境卫生一塌糊涂。伍县长当场就把前任校长叫到一旁骂了一顿。之后以为会改变，但后来观察，丝毫没变，还是老样子。（原校长）确实没有能力管理。于是就想到了换校长。

打算换校长这段时间，多方物色，王建华出现在视野里。

胡启华之前就认识王建华，但只是认识，说不上了解。对他的印象是，交际能力强，朋友多，但管理能力如何，有没有责任心，作为校长的人选合不合适，因为不了解，胡启华觉得心里没底，继续留心观察。

后来的一次机会，胡启华与县人大的领导一起前去王建华所在的茶布朗中学调研，当晚就住在学校。

那次调研，胡启华加深了对王建华的印象：他最大的优点，能团结一班人，让他们心服口服、心情愉快地跟在他后面干事情。而且责任心强，自律，每天早上早自习前，亲自带头到校，多年来都是如此。

但胡启华还是暗中又观察了一年，这才做出决定。

王建华担任民族中学校长后，用胡启华的话说，民族中学确实发生了翻天覆地的变化，管理上、教师风气、校风学风等。环境卫生更不用说了。以前每次有检查，提前打了招呼，去后还是一塌糊涂，现在根本就不用担心，不用打招呼，随时都可以去，随时去了，整个校园，赏心悦目。

王建华担任校长后，主要做了两件事：

一是以身作则，健全制度并严格执行。

每天早上6点到校，中午在食堂吃饭，晚上11点半才回家。在他的带动之后，班子成员转变了观念，跟他一起成天泡在学校。

学校的各项制度健全之后，教学业绩、职称评定、工资待遇与考核挂钩，老教师和年轻教师一视同仁。教师们干起来都有劲。

当时我来时，学校的管理缺失到什么程度，连年级主任也没有设置，全校仅有个教导主任统管。后来才设了年级主任，层层落实管理。王建华说。

二是采用走出去请进来的方式，加强学习。

自王建华担任校长以来，每年的暑假及彝族年假期，他带头出去，跟岗学习。与成都双流区的棠湖中学、东升一中，攀枝花的外国语学校、十九中等学校结对子，全盘复制对方的先进理念及教学方法。同时请他们的专家进校来，坐镇指导。

仅用了一年时间，初见成绩。2017年中考，全县第一名就出在民族中学，语数外三科成绩，均名列全县前茅。

2018年，民族中学的教学成绩奖，由县上拿出的专项奖励资金，三十万元，现金，码在学校。有个政治老师，一下子拿了四万多元。有人心里不平衡了，王建华就在会上说：你不要羡慕人家，你自己努力拼上来，一样可以拿这么多钱。

而木里全县每年初中毕业生在1400到1500之间，因为师资受限，能升入高中的，不到40%。2018年，民族中学应届初中毕业生539人，考入高中149人，余下的都去了9+3或者3+2。

初中教育搞好了，即使他们不读高中，不上大学，在初中阶段学到了该学的知识，再去读9+3或者3+2，或者就是回家去务农，一样有用，要比他们的父辈强得多。有知识有文化，种田也能种得好一些。王建华说。

而这部分升入高中的学生，怎么才能把他们留在木里中学读高中？王建华认为这是一项很艰巨的工程，而且意义重大。他说这不光是单纯的生源好坏问题，也关系到学生的发展和每个家庭的幸福。孩子需要家长陪伴，再说像木里这样的地方，路途又远，只要一个家庭有孩子去外面读书，整个家庭的重心都放上去了，财力和精力也都花这上面了。

所以本地的教育搞好了，关系到每个家庭的幸福，这是一句大实话。

可喜的是从全县教育的层面上，已经有了规划和设计，有了具体的办法，大家抱团发展。而他和城关小学的鲁绒扎西、木里中学的黄河，他们三位校长之间还组成了校长联盟，大家互通有无。初三开始就进行生源动员，让他们留在县上读高中。

王建华说到一个农村孩子陈华军，中考成绩十分优秀，当时就被西昌一所学校看中，给出了极为优惠的条件。但王建华出面做工作，陈华军留在了木里，由他亲自送去了木里中学。

他说可喜的事还有不少，新建的木里第二中学就要启用，2019年秋季开始招生，缓解了县城办学资源紧张的矛盾。之前的民族中学，因为生源多，容量有限，被迫实行大班制，一个班70个学生。初一进校时还好，娃娃们小，教室勉强能够挤下，到了初三，娃娃们长大了，腿长臂长，坐不下，挤到门外去了。

在王建华看来，这是全社会重视教育的结果。政府加大力度投入教育，统筹布局，大会小会讲教育，调动社会各方面的力量支持教育，在全社会形成了一个重视教育的共识。家长"送子读书"的积极性也比以前高多了。

说到家长对教育的重视，王建华感同身受。

现在开学时，全部爆满，包括幼儿园。以前在茶布朗镇时，开学前下乡去动员孩子读书，家长见了老师就说：哦，你又来了！而现在是相互攀比着送孩子上学，相互攀比着看哪家娃儿的成绩好。现在乡下的孩子，好多都送到县城读幼儿园。县城周边，尽都是租了房子陪读的家长。

这几年，考起大学的娃娃越来越多，村里邻里到处都是，家长们觉得有了盼头。以前都把娃娃送出去，现在送出去的是越来越少了。

王建华说，从明年（2020年）开始，2016年考出去的大学生就毕业了。那一年，硬上线就是42个，加上享受少数民族地区的加分政策，当年考上本科出去的远不止这个数，有近百人被本科院校录取。他们中的大多数都会回到木里。木里人很爱木里，他们肯定会回来。

再往后，造血机制构建好了，运转起来，木里的教育，将进入一个稳健发展的上升轨道。

而以前是，每年去招老师，都不断要回答，木里在哪里？去看地图，看地理位置和交通状况，然后全部摇头。

王建华说着笑了。

3. 租房陪读

在三桷垭乡茶地沟村采访时，曾听说一个奇怪的现象。村子里一百多户人家，仅有7个孩子在村级幼教点上学，其余都去了木里县城上幼儿园，由爷爷奶奶租了房子陪读。邻近的三家铺子村也一样。原来的三家铺子村有130多户人家，2012年雅砻江锦屏电站库区移民，山脚下的70多户人家全部移民搬迁去了外地。余下的67户人家，常住人口仅27户，其余40余户，举家搬迁，去了县城陪孩子读书，兼打临工。

为什么会如此大规模的舍近求远，选择这种居无定所的生活？茶地沟村老支书喻慎银告诉我：以前这里的人不读书，后来的这一拨父母，出去打工见过世面，知道读书的重要性了。读书和不读书，就是不一样，人家读了书的，能坐办公室，能算账，你没读过书，只能去工地上搬砖头。尤其是这几年，考出去的，参加工作的，多起来，所以现在的这拨家长，都让孩子读书。

可读书的话，村里的幼教点，说起来就在村里，却不近，周围都是高山，动不动要走十几公里。这山区的幼教点，好比站在这边山上，喊对面的山，嚯——的一声，声音就过去了，可真要走过去，得走上大半天。倒不如干脆送去县城，到最好的地方去读书。

三桷垭乡茶地沟村和三家铺子村的这种情形在木里极具普遍性。

在木里，从乡镇来到县城租房陪读的家庭数量，很难统计出一个相对准确的数字。但从教育部门掌握的情况看，远近都有，各乡镇都有，从幼儿园到高中都有。这些陪读家庭所租的房屋多以就读学校为轴心，向四周蔓延，遍及整个木里。

而以前的木里可不是这样。这个"以前"并不久远，就是几年前的事。以东朗乡为例。东朗乡位于木里县境北部边缘，距离县城270公里，为纯藏乡，藏族人口占比99%以上。当地人勤劳俭朴，把毕生的积蓄和精力都用以修房子，随便一幢石头砌成的藏式房屋价值都在几十万上百万元，随便一块修房子的石头，就值二十来块。但当地人却鲜有送孩子上学的传统。东朗乡中心小学校长苏朗罗丁告诉我，前几年，他们走村串户去动员孩子读书，家长老远见了，说：你又来了，然后赶紧把门关上。就算送孩子进了学校，家长们也不是为了让孩子受教育，为孩子的前途着想，而是为了免费午餐，或者是因为动员太紧，迫于无奈。孩子的作业没完成，家长还帮着孩子撒谎：我的娃儿做了作业的，被牛吃了。有家长来替孩子请假：我的大娃儿今天有事，让小娃儿来替他读，行不？紧邻东朗的麦日乡情形类似。麦日乡中心小学校长达瓦吉泽告诉我，以前每到挖虫草的季节，教室里的孩子所剩无几，都跟着大人上山挖虫草去了。学校不让去，有家长把摩托车骑到学校，从窗口把孩子接走。但近几年，到了挖虫草的季节，学校里没有一个孩子因为挖虫草而旷课。东朗乡中心小学校长苏朗罗丁也说，现在的虫草季，孩子们整整齐齐坐在教室里，再也没有家长跑来帮孩子请假，更没有家长用小孩子来换大孩子了。

转眼之间，各乡镇的家长，不光送孩子上学了，还都把孩子送到县城就读，哪怕为此吃苦受累。

相对而言，来县城租房陪读的家庭，以公路沿线、信息较为灵通的乡镇居多。其次就是当地乡镇教学质量相对较差的地方，家长们对现有教学感到失望，选择到县城就读。

而乡镇学校教学质量相对较高，能得到家长认可的地方，到县城租房陪读的家庭则相对少一些。

选择到县城就读，何以如此大面积地需要租房陪读，则与木里县城现有的办学条件有关。

在县城租房陪读的家庭大体可分为几种类型：

一是从幼儿园到小学的陪读家庭。这类家庭多以追逐优质的教育资源为目的。在乡镇家长的眼里，木里县城的教育资源就是他们眼中最好的教育资源所在地。而现有的办学条件，木里县城所有的幼儿园和小学，均未具备供学生寄读的条件，所有学生都是走读。因此家长要送孩子到县城就读，必须自行解决食宿。租房陪读就成了他们必然的选择。

　　二是初中陪读家庭。

　　木里县城现有三所初中：木里中学、民族中学、红科中学（又叫木里二中）。红科中学是新建学校，所有学生均可寄宿。而木里中学和民族中学，因硬件不足，床位不够，不能全部寄宿。为此学校专门制定了相应制度，优先满足最需要的学生寄宿。不能满足寄宿需求的这部分学生，家长又强烈要求在这所学校就读的，则只能选择租房陪读方式。

　　三是高中陪读家庭。

　　木里的高中在校生，实行全封闭寄宿制。所有学生都可在校内解决食宿问题。因此这部分在县城租房陪读的家庭，则有着更多的自觉意识和更高需求。他们租下房屋，主要是用以周末能与孩子相聚，能为孩子在周末时改善生活并提供良好的学习环境。因此这类家庭所租的房屋，在租房陪读家庭中属条件最好的，多为规则的厅室结构，有各自独立的功能区。租金方面，也以这类房屋为高，三室或者两室一厅，月租金从一千到两千不等。从幼儿园到初中的陪读家庭，所租房屋的条件则参差不齐，价格差异颇大。一些来自边远乡镇，经济条件差的家庭，仅有几个十几个平方米单间，吃住睡全在一间屋里完成。租金从两三百到七八百不等。而陪读的家长中，则分为单纯租房、由爷爷奶奶陪读型和父母在县城务工，一边挣钱一边陪读的兼顾型。

　　采访中，胡启华说，这种大面积来县城租房陪读的现象，也是近几年木里教育改观之后出现的一种始料未及的景况。这从本质上说明，与漫长的过去相比，木里的家长确实对教育重视起来了，这是十分可喜的变化。但也有让人担忧的地方。比如说，有些家长，因为自身的家庭条件较好，有这个经济能力，也有这个认知水平，到县城租房陪读是好事。但另有一部分家长，家庭困难，自身的经济能力有限，却简单而盲目地认为到县城读书教学质量好一些，甚至单纯就为了跟风或者攀比，也来县城租房陪读。这部分家长，陪读的能力非常勉强，只能跟人合租，甚至几家人十几家人合租一套房子，这样的环境之下，对孩子的教育未必有利。

但无论怎么说，因为木里中学的龙头效益日益显现，木里的家长们较过去而言，警醒了，觉悟了，前所未有地重视对孩子的教育问题，这在木里的历史上具有划时代的意义，是木里教育土壤觉醒的明证。但相比外面的学生家长对待教育的重视态度和指导能力，木里的家长尚有明显的距离。教育是一个复杂的过程，需要全社会的共同努力，具体到人，则需教师、学生和家长合力完成。家长的觉醒只是第一步，如何对家长进行进一步的启发和教育，也是我们的教育工作需要思考和着力的问题。我们的有些学校，已经开展了"小手牵大手"活动，即让学生回去教育家长。这方面的工作非常重要也非常艰巨，需要我们加大力度，做长久而不懈的努力。

4. 县长的职责

采访伍松在2019年12月底。那时候，木里县第二中学已经启用，首批招收初中学生2400余人。

二中是习惯叫法，相比木里中学而言，称她"二中"，但她的正式名字叫红科中学。

学校所在地在乔瓦镇。当初立项时，项目报批书上，她还有另一个名字：木里县乔瓦镇初级中学。后来学校建成，大家都感觉名字拗口，想让她有一个响当当的名字。恰好学校所在地的小地名叫"红科"，火红与科学，都是好寓意，于是就叫了红科中学。

红科中学是一所可容纳3000名学生的全寄宿制初级中学。于2018年11月动工，2019年9月建成投入使用，用时十个月，建筑面积五万多平方米，为木里建筑史上的"最快速度"。伍松说，红科中学的规划和建成，是木里教育布局和链条中的重要一环，因此她的硬件设施和读书环境，都是木里县最好的。

木里县有常年在读初中生6000余人，而位于县城的木里中学和民族中学仅能容纳2500余人，其余学生都在各乡镇就读。近几年，为了追逐优质教育资源，家长们都希望自己的孩子到县城读书。县城学校的容量与家长的需求间的矛盾十分突出。加之木里特殊的自然环境下，许多乡镇学校的工作和生活条件确实较差，师资很容易流失。而县城的工作和生活条件相对较好，因此红科中学的建成，既有利于留住师资，也满足了家长们的愿望。

根据木里县委县政府的部署，红科中学启用之后，木里全县的戴帽初中已全部撤销，生源集中到县城，仅保留了瓦厂镇和茶布朗镇两大片区的初级中学。而民族中学的改扩建项目也于2018年底动工，预计2020年内全部完成。届时，木里县委县政府将根据家长们的意愿，决定瓦厂镇和茶布朗镇两所初级中学的撤并或保留。

伍松说，可喜的是，通过这些努力，我们第一阶段的基础已经奠定，并摸索出了一条可行的路子。而这几年，木里教育的提升，我们的信心和实绩，已经传递到了州里和省上。包括省教育厅、省教科院、州教育局……他们都在关心和关注木里的教育。很多的地方，学生在减少，学校在萎缩，教学质量在下降，在这种情况下，突然冒出木里这么一个县来，确实很让人振奋。

接下来，从2020年开始，木里县在稳定木里中学现有成绩的基础上，将把重点放在抓初中和小学的教育上。伍松对此充满信心：我们已经有了这个条件，已经做好了布局。可以预见，木里教育的第二次腾飞指日可待。

伍松坚定地认为，教育是个系统工程，需要调动全社会的资源参与进来。而在一个县域有能力调动全社会资源的，唯有书记和县长。所以抓教育是政府的职责，也是最大的民生工程。

所以伍松说，他要亲自抓教育。他也确实做到了。

第一，钱的问题：近几年，木里县教育总投入近20个亿，其中基建及装备投入十几个亿，用以专项奖励资金3000多万元……而钱的问题，始终是办好教育的前提和保障，其他副职又很难协调，因此想方设法找资金办教育，是县长的职责。

第二，师资问题：从争取教师编制，到教师的来源，好些地方，需要突破某些政策。就木里的现状看，就是在突破某些政策的前提下，招聘教师都有些困难，如果严格按照政策来办，按事业编制人员的准入门槛执行，哪个会来你这里考教师？所以说到底，我们县委县政府，就是为木里的教育当好后勤部长，把钱和人的问题解决好。

第三，解决全社会支持教育的问题。全社会支持教育，是个复杂的系统工程，比如现代远程教育，需要电信、移动等部门支持；学校周边的环境，需要公安和政法部门的支持，鼓励家长重视和配合学校的教育，在全社会倡导尊师重教，形成一种社会风气，等等，都需要政府出面做大量的工作。所以县长必须得把所有的社会资源调动起来办教育。

而这一切的重中之重就是，政府要给教育者做最坚强的后盾，让教育者成为全社会最受尊重的人。只要能形成这样一种风气，一个地方的教育就有了坚实的土壤，一个地方的文化生态就会出现令人欣喜的景象。

　　2019年11月彝族年后不久，伍松来到红科中学，召集学校的所有教师，以及县城九所学校中层以上干部，召开了一次重要会议。会议的背景是，红科中学刚开办不久，所有师资都是从白雕、后所、三桷垭、西秋、倮波等乡镇学校选调而来。刚来到县城的教师们很不适应规范的管理模式，纷纷抱怨：凭啥子要拿木里中学的那一套来要求我们？

　　伍松以县长的身份回答了大家的提问：

　　凭啥子不能用木里中学的模式管理你们？木里中学连续几年高考上线破纪录的事实已经证明，只有用木里中学这种模式管理，木里的教育才有希望。当然，伍松停顿了一下，你们刚来这里，不用担心，只管好好教书就行了，我们在后面为你们服务，做你们的坚强后盾。如果哪一天，有人敢对你们不恭，敢对你们进行伤害，我跟你们说，用不着你们出面，我县长会第一个站出来保护你们……

尾声：伟大的转变

一切是从那个意外的调动开始的。

当时，就有好多人质疑，有好多人感到不解。包括胡启华自己。事隔八年，聊到当初，胡启华还是一头雾水：我也不知道为什么调我去，我从学校毕业，学的是农牧，在基层干过，在机关，在组织部……没有一样工作与教育有关。我一直担心我干不起。

木里人爱说"干"，动词，可以宽泛成所有意思：吃饭说，干一碗；做工作说，干起来；喝酒说，干酒去……一旦用上"干"字，本意之外，多了劲道，多了许多意味，也多了一种单是木里人才有的标识。我很想在文中把这种带有劲道的木里方言用进去，却终因难以把握，省去了，变成了大白话。

我喜欢木里人的淳朴、淳厚，像酒，包括他们的字眼。

然而，说到当初的调动，远在八百里外的成都双流棠湖中学校长刘凯一语道破：人家是看中了他能干事。你别以为共产党的干部都是吃素的。

此话说得劲道十足，木里人的劲道。

我常想，在极速城市化的进程中，在教育资源极速集约化的今天，那些生活在边远地区的人真不容易。别的不说，条件再艰苦，环境再恶劣，习惯了就好，那是自己的家园，没什么可嫌弃的。可是教育，单单一个落后的教育问题，就可以让许多人动摇，就可以让许多的有志之士心猿意马，就可以让许多有理想的人选择妥协或者跑路。

没有人愿意让孩子受累。用一句听腻了的话说，没有人愿意让自己的孩子输在起跑线上。

然而，不输，又能怎样？要么彻底认命，要么就加入没完没了永无止境的跑路大军，把孩子送去外面读书——像木里人当初那样。

这是多么艰辛而无奈的人生路径。

木里中学的意义就在于：没有多少的地方比她更偏，没有多少学校比木里中学当初更乱，没有多少孩子比木里的孩子更辛苦……然而，今天，经过长达八年的艰苦努力，经过曲折而顽强的改革与奋进，他们终于有了自己满意的学校。而且，这所劫后新生的学校，已经步入健康有序的上升轨道。如今的木里，木里中学的"龙头"作用已经显现，政府重视教育，家长重视教育，社会重视教育，各方积极投入，从村级幼儿园到初级中学，也呈现出蓬勃发展的态势。可以预期，木里教育的明天，将会更好。

只是，在成绩面前，我们还需要时刻牢记教育的根本任务是"立德树人"，还需要重温一下人民教育家陶行知的三个教育目标：研究学问，要有科学的精神；改造环境，要有审美的意境；处世应变，要有高尚的道德修养。

具体到每个个体，我们要警惕教育的"同一性"，因为它会忽视每个个体乃至每个族群的差异性，抹杀掉本只属于他们的优势与特质。

在学术分类上，广义的教育可分为家庭教育、社会教育。学校教育只是狭义的教育，只是一个人一生所受各种教育中的一环。如何让每个个体在面对家庭教育、社会教育包括学校教育时，都有一种积极的心态、敞开的胸怀，学习、分辨、思考、接纳……教育的过程就是一个静待花开的过程，当我们守住初心，脚踏实地，让教育的效果自然呈现时，教育的使命才得以完成。

在西方，"教育"一词源于拉丁文educare，前缀"e"有"出"的意思，意为"引出"或"导出"，即是通过一定的方法，把某种本来潜在于身体和心灵内部的东西引发出来。这个边界不太清晰的词，也许恰恰说明了教育的本质：以知识为工具教会他人思考。

木里的教育已经迈出了艰难的第一步，也迈出了充满希望的第一步。棠湖中学的义举，有着震人心魄的榜样作用。木里中学的改革突围过程，有力地证明了边远民族地区的教育振兴大有可能，也大有可为。对此，作为一个有担当有强烈使命感的教育管理专家，棠湖中学校长刘凯早就站在国家层面，面对边远民族地区的教育发展与改革，做出了系统的思考与持续的实践，并将具体的做法归纳为四点：

第一，选好校长。

第二，在校长就任之前，必须进行较为充分的跟岗培训，使其具有强烈的使命感、有舍我其谁的勇气和百折不回的精神。

第三，县委县政府的高度重视和全力支持。

第四，有棠湖中学这样的学校作为强大支援。

当然，极为重要的，有国家层面对边远民族地方的教育政策作为后盾。

对于木里中学和木里教育的未来，学界的专家们报以一致的乐观与期待。

棠湖中学教学教研学科牵头人、学导处主任朱元根说：就目前看，在四川藏族聚居区，木里中学尚赶不上两所中学：康定中学和汶川中学。而康定中学和汶川中学分别是甘孜州和阿坝州两地最好的中学。木里中学完全有可能打造成四川藏族聚居区第一中学，木里县则有可能成为四川藏族聚居区教育第一县。

省教科院专家则认为，木里的教育可以引领四川藏族聚居区的教育。

诚然，信然矣。

（注：王元贵、袁初、老夏为化名。）

2020.5.4于晓坝

2020.6.5（第二稿）于晓坝

2020.6.21（第三稿）于绵阳

（编者注：2020年木里中学高考本科硬上线人数为98人，前路漫漫仍须继续努力。加油！）